漫娱图书
SINCE BOOKS

扶他柠檬茶 著

谁都不服就扶他2

长江出版社

漫娱图书

目录 contents

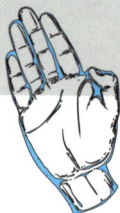

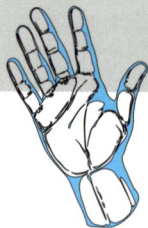

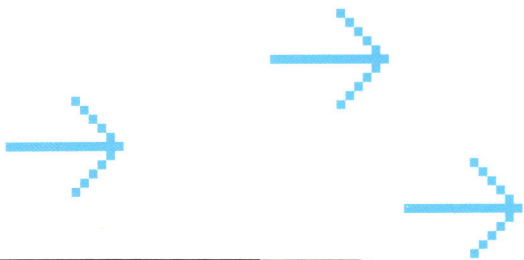

PART one

刀到病除

君眠黄土血离骨，白雪为榻枕
冰霜。昨夜逢君故梦里，疑听
蛙声作雪声。

——著名致郁派诗人
@扶他柠檬茶

败将
BAIJIANG

001

将军打了个败仗，连带自己也残了，每天坐在轮椅上，郁郁寡欢。

小皇帝自然是不满意这战果的。将军以前从不打败仗，皇上登基之后决定好好用这个人才，指挥将军南征北战，结果吃了好几个败仗，家底都差点赔进去。

皇上把将军叫进宫："你解释一下，为什么打输。"

将军："没钱，没人。"

将军都惨到这个地步了，也无所谓什么得罪了。皇上怒了："打个仗而已，要那么多钱吗？！别给朕哭穷！"

一怒之下，撤了将军的官，虎符也收了回来，摆明了就是叫人滚蛋了。

002

打了败仗的将军下场是很惨的，墙倒众人推，何况原来就有不少人想推面如冠玉的将军。一来二去，俸禄没了，宅子被没收了，一天照三餐抄家，将军木着脸搬家，搬进了一处深山老林里，索性隐居到死。

小皇帝还不放过他："你有没有点职业道德啊？"

将军："我没。"

小皇帝："先帝在的时候不是说好了让你帮我守江山的吗？"

将军："我蠢。"

小皇帝："你不是还三跪九叩答应帮朕建立千秋功业的吗？"

将军："我瞎。"

小皇帝毕竟年纪小，以为打仗就只要他轻描淡写一句话，屁都不懂就在那儿瞎指挥。将军心都冷了，反正是不准备再回去替他打仗了。

小皇帝冷笑："好，就算你不回来，也别想去替其他人效命。"

于是下了令，派重兵把将军隐居的山林层层包围起来，日夜监视。

003

将军有时候心想，父子俩差异怎么就那么大呢？

先帝在的时候，他只是个普通小兵，立下战功，被先帝重用，一路提拔成了将军。为报答先帝知遇之恩，为他征战四方。

后来先帝因病驾崩于三十岁，临终前召见他，把太子托孤给他。那年太子才十岁，将军不过二十四岁，从战场上一身血赶回京，为了见先帝最后一面。

小皇帝被宠坏了，是个没良心的东西，觉得将军百战百胜，便往死里折腾。军饷不给，精兵不给，故意挑不合适的时候逼他出兵，就想看看将军到底有多能打。

一开始将军还能强撑，到后面强撑不了了，开始吃败仗。直到这次重伤身残，彻底没法再上战场了。

被软禁在山林里，日子也还算太平。有一天，将军在家门口发现了一个捡柴的山民。

估计就是附近住的山民，所以卫兵也就放他过来了。 山民一见将军两眼放光，顿时如见了偶像，柴火也不要了，冲上去握住将军的手狂摇："您好您好！哎呀，今天终于见到本尊了，我实在太荣幸了！您真的是我的偶像，我一直看您演的……不，打的仗！方便的话能给我柴火上签个名吗？能拥抱一个吗？能给我个唇印吗？"

对，这个山民是将军的脑残粉。

004

隐居在山林里，将军身边只有一个贴身侍从，日子其实挺冷清的。

这个山民二十来岁的样子，皮肤晒得黑黑的，是个话痨，每天几乎都要过来聊天，仰望着将军两眼冒星："您当年冬天在边关直击敌军侧翼，用的战术太帅了，茶楼说书的应该跪着说那一段；还有那年秋天深入荒漠追击敌军，你是怎么知道那里有埋伏的？"

作为将军的脑残粉，他能把将军从出道……不，出征开始的每一场战役都拿出来膜拜："等以后有机会，我一定让天下说书人都跪着说你的故事！"

将军："……我出生入死打仗就是为了让大家都能站着不用跪

着啊，你是不是傻？"

话痨砰砰磕头："对对对！我傻！"

虽然将军表面还是冷冷淡淡的，但其实有些喜欢这个话痨。

毕竟日子太无聊了，有个人能说说话也是好的。而且崇拜归崇拜，这个山民完全能理解他的战术战略，这让将军有些欣慰——这些战术在小皇帝嘴里就是："你想挂机躺赢吗？给我上啊！"

顿时，山民和将军之间就有些知己的味道了。两人每天相见，没过多久，小皇帝知道这件事了。

005

小皇帝冲进将军隐居的地方，指挥士兵："搜！把整座山翻过来也要把那人搜出来！"

最后没找到那个山民，只在山脚找到了一个小村子，里面的人不分男女老幼全部杀光，人头在将军门口的屋檐上风铃似的挂了一排。小皇帝说："你不是宁可和这群草民说话也不肯和朕说话吗？朕替你把他们都请来了。"

小皇帝不服将军很久了。

小的时候就听周围人，包括父皇成天夸他，说将军是国之重器，百战百胜。好像只要有了将军，没自己这个太子也行。

这人也从不和其他人一样抱太子大腿，难得回京，就和父皇在宫里吃顿饭，然后又匆匆赶回战场。他和父皇抱怨，父皇说："急什么，以后他就是你的人。"

等自己登基了，这人还是一副淡淡的样子，拿他当个孩子似的。小皇帝就想看他吃瘪，看这人还敢不敢不把皇上放眼里。

起初扣军饷、扣兵力，后来把军饷扣光了，不许其他人支援，终于逼得他打了败仗，变成个残废。

结果回来还是一副拽样。

小皇帝抄了他的家，也没发现什么能继续定罪的。没想到这家伙真的什么都不要了，跑来隐居。其实将军只要求求他，服个软，自己就会让他官复原职。

结果将军就是不服软，弄得皇上很没面子。

那皇帝服个软吧？小皇帝接下来几天笑嘻嘻地往山林里跑，送吃的、送穿的："哎，将军辛苦那么久，如今解甲归田，朕还没好好奖励些什么，你想要什么？要不，朕让你娶个公主？"

006

小皇帝所谓的公主，都是他的妹妹。皇上："娶一个长公主？要不这样，所有公主都归将军，将军回朝吧。"

将军意识到了，这个小孩有点丧心病狂。

他隐居了，皇上还在继续指挥其他将军打仗，只要打败仗回来就砍头。朝里快要没人能带兵了，还能打仗的也都叛逃了。整个国家在小皇帝眼里就是个玩具，他才不管会不会玩坏，被宠坏的孩子只在乎自己得不到的东西。

现在国内没多少兵力了，敌国纷纷反扑，兵临城下，小皇帝不得不来请将军回去了。

"你想想先帝啊。"他使出了撒手锏。

先帝就是针对将军的撒手锏。将军还什么都不是的时候，先帝对其有知遇之恩。外面民不聊生，国家摇摇欲坠，将军若再不出山，那就愧对先帝的嘱托了。

将军是个很要命的人，在为人处世上一根筋，为了报答这知遇之恩，哪怕知道小皇帝挖了个火坑，也只能跌进去。

将军只好拖着残废的身子回京，重新披甲。一路上，民众夹道相迎，都觉得有希望了。

可小皇帝和他说的第一句话就是："不许打败仗！敢打败仗，朕凌迟了你。"

京城外面都被敌军包围了，就算将军打了败仗，估计也用不着皇帝来凌迟他了。

都到这地步了，打屁啊！将军将虎符朝小皇帝一扔："写国书，先求和，撑过这一阵再说。"

小皇帝觉得：七个敌国一起打过来了，我们就该打回去嘛！

将军怒了，先帝怎么当年没把这孽障废了？打起来没有活路，先求个和，再搞离间，让联军自己散了才是正道。

小皇帝不肯写国书："丢人，先帝怎么留了你这么个没用的败将给朕。"

结果敌方的国书先递来了，这次的联军盟主想约将军在城外谈一谈。

将军去了。

到了那，帐篷一掀，一个熟悉又轻快的声音传来："嗷嗷嗷！好久不见，将军还是没怎么变，快坐快坐！"

随从："可将军有轮椅，他一直坐着啊。"

敌国的国君有点失落。

将军："你好像就是那个……"

国君："对啊！我就是您的脑残粉，挨了您很多顿打，特别崇拜您。这次请将军来主要是讨论一下跳槽的事……"

像国君这样，追星追到不惜假扮山民的还是很少的。

国君："根据我对将军的了解，你会先求和，争取时间，在联军之间搞离间，让我们自行退兵。"

说完之后，国君还很期待地看着将军，想要两句夸奖。将军实在没心情夸他。

国君："将军……该不会想打吧？"

现在打起来，将军只能打败仗。

将军坐在轮椅上，心想：京城百姓的命都压在我身上，我怎么敢打败仗？

将军说："要怎样的条件，你们才可以退兵？"

008

联军开了不少条件，将军答应了。

有的要割地，有的要赔钱。该讨价还价的都还了，最后整理了一本册子给皇上，小皇帝不肯盖章，劈头盖脸冲他砸过来："你居然卖国！"

"钱还能再抢回来，地还能再夺回来。举国赴死这种事情听起来是带着悲壮的浪漫主义。"但将军不太想在自己有生之年学会欣赏这种美，"活着是很好的事情，尤其是在战场上看惯了尸山血海，就想多看几个四肢健全的人。"

小皇帝："可是这样一来，朕准备的激励人心的剧本就用不上啦。"

将军："什么剧本？"

小皇帝："反正你不要朕的那些妹妹，于是就先把公主们都赐死了。反正可能亡国，本来打算对外说公主们自发殉国，鼓励军民一心抗敌。"

将军有些晃神。他忽然觉得，这个小皇帝也许不是丧心病狂，他就是个疯子。

将军问："那你为什么不杀我？"

小皇帝托着腮："当然不能杀你。我要等到最后，让你眼睁睁看着父皇托付给你的江山易主，而你无能为力。这时候你才会后悔，你为什么不早点和我求饶？为什么不对我敬畏些？我要让你后悔一辈子。"

将军和无数将士出生入死，用命换来的江山，在这个人的眼里，一文不值。

就在这时，宫人们的尖叫声在宫内响起。有平民冲破了宫门，发起了叛乱。他们要皇上将那个卖国的将军交出来。

009

将军被拖进了地牢。这次，不是疯子皇帝要凌迟他，是他曾经保护的人们要凌迟他。

夜里，地牢门口蹲了个人——国君这次不假扮山民了，假扮了个狱卒混进来："我来救你啦，和我走吗？"

将军不能和他走。背弃这个地方和他走了，就真的是对不住先帝了。

国君说："你真是一根筋啊，我居然曾经被你打得满地找牙……"

将军难得笑笑。他们俩也算惺惺相惜。

国君很清楚，他是决意去殉国了。

国君和小皇帝谈过，用将军换半壁江山。将军让他带走，他可以不要割地。

小皇帝不答应，给什么都不换。

国君："他已经残废了，你们这也打到没兵了，你还要他干什么呢？"

小皇帝不说话，刀架在脖子上也不答应。

一个被宠坏的孩子，其实很难分辨他到底想要一个玩具，还是想要一个人。心里哪怕清楚，嘴上却不肯承认。

国君："那，把求和书给盖章了吧。该赔的赔完，看在他的面子上，我能让你继续坐在龙椅上，在京城里安度余生。"

小皇帝冷笑，当着国君的面撕了求和书，一口一口咽了下去。

010

国君苦笑。他很清楚，已经不能再拖了。

联军在外要军粮，战士们会思乡，出兵一日都是在消耗国库。和小皇帝不同，国君知道，他需要牺牲掉某些重要的东西，来换取更重要的。

小皇帝死在龙椅上。

灭完一个国，就需要清理余孽了。将军的长刀战马曾经把这些人打得作鸟兽散，自然首当其冲。

一个天下太平的日子，将军被带上了法场。临刑前，国君去见他："你投降，然后，我带你走。"

将军问："你觉得可能吗？"

国君笑嘻嘻的："好吧，不可能，我早该知道。"

将军说："你怕自己哭，就不要看。"

将军走上法场，刽子手磨刀霍霍。刀举起来，明光晃晃。

突然有人策马冲上法场，抱起将军就跑，十分刺激。

国君很没诚意地只在嘴上蒙了块布就来假扮劫匪了："这样你就不用投降了！"

将军："你今年只有七岁吗？"

国君："凭什么？你那个小皇帝心理年龄还不到七岁，你不说他，你只说我？！还有，我现在是劫匪，你能装作不认识我吗？"

将军："我都准备殉国了，你不用白费功夫了。"

国君："你要是死了，我就掘了先帝的坟！"

将军："你明年才满七岁吗？！"

但是挖祖坟这个要挟非常管用，国君很确定，自己不会白费功夫了。

尾声

劫法场的劫匪神秘地在京城闹市区失踪了，尽管只有一布之隔，可围观群众纷纷表示，完全不认识那个劫匪。

END

大侠
DAXIA

001

掌门小的时候，门派差点因为行侠仗义，惨遭权贵灭门。

一个路过的少侠救了他们。少侠鲜衣怒马，嘴里叼着片柳叶，哼着逗女孩子的曲子并拍了拍他的头："行了，别哭了。"

少侠不知从何来的，也不知去了哪儿，那般快意恩仇，连留个名字的时间都没有。掌门只记住了他的剑鞘上有一片铜竹叶。

不知情之所起，却知情为谁生。

很多年后，他成了掌门，他想，少侠也该成大侠了吧。

掌门带着门派众人行侠仗义，名震天下，这么多年都在打听当年的救命恩人，但是江湖上没人知道有谁的剑鞘上有铜竹叶。

有一日，一名被人追杀的少女误闯入门派。少女是忠臣之后，家族被朝廷奸相所灭。

掌门把她护了下来，紧接着追兵到了，听门人传报，说相国公子带兵来了。

一行人到了山门，和追兵对峙。为首者锦衣华服，长身玉立，佩着把长剑，剑鞘上的铜竹叶微微颤动。

007

相国公子年纪轻轻，和掌门差不多。

一触即发之际，公子挠头傻笑："不好意思打扰了。我爹让我找那个姑娘，不找到就不让我回去……"

掌门："……"

相国公子："不行吗？"

掌门："不行。"

公子眼眶都红了，走到掌门面前扯扯袖角："真不行啊？我办事总办不好，我爹真的不让我回去了……"

掌门一脸冷清，还是摇头。

奸相家的相国公子蹲在地上，哭了。

相国公子遣散了追兵，身边就留了个侍从，一脸委屈地跟着掌门。

相国对儿子说了："长这么大，文不成武不就，追杀不行政斗不行，养你还不如养块叉烧，这次要追不回那个黄毛丫头，你就别回来见我！"

奸相作恶多端，偏偏这个儿子有点傻。掌门一个不注意，公子"咕噜噜"从山门石阶上滚了下去。还好旁边的侍从身手不错，一把把少东家拽住了。

公子："掌门，你看这……"

掌门觉得，这人和他那个作恶多端的爹不同，就是个从小锦衣玉食不知世事的公子哥，也没什么跋扈傲慢……

再加上那把剑。

掌门留他住下了。

003

夜里，掌门去他的住处，问那把剑的事情。

公子："哦，这是我师父留给我的剑。"

相国公子小的时候，一位高人夜闯相国府，想刺杀相国，结果重伤。

掌门听得心里一紧："然后呢？这个人怎么样了？"

公子傻笑："我不当心就把他给救啦。"

遇刺后，相国大怒，全京城追捕这个刺客。没想到自己儿子居然在后院把这人给救了。作为报答，大侠当了相国公子的师父，传授给他几招剑法。

可惜伤太重，不久便去世了，最后把他的剑留给了相国公子。

掌门依稀明白大侠的深意——奸相祸国殃民，可他的独子却心地善良，说不定能成为国之转机。

花了数个日夜，掌门与他说了这些年奸相的作恶。相国公子听得目瞪口呆，五分是为了自家爹居然做过那么多恶事，还有五分，是因为掌门这等清逸若谪仙的人物，在灯下时而且怒且嗔，时而对他温和有加。

奸相干的很多事太重口味，公子捂着耳朵，感觉世界观崩塌。他一直以为，爹只是个有些严厉的好人。

要不是为了多看几眼掌门的颜下饭，恐怕早逃了。

掌门说："你知道这一次奸相要你抓的姑娘是忠臣名门遗孤吗？她的手上，握着你父亲所有为恶的证据。"

004

掌门想让姑娘和公子谈一谈，她不愿意。这是个警惕机敏的女子，她感激掌门，也希望能早日离开这个武林门派，避免在一个地方停留太久。

姑娘让侍女转告掌门，无论相国公子是否无辜，整个相国府没有无辜的人。

事实上，公子和姑娘都住在门派里，已经让掌门的处境岌岌可危。

门中弟子大多不愿被牵扯进昏天黑地的朝堂事中，更何况与相国为敌。

可掌门守着正道。姑娘想活下去，他便救。公子想弃暗投明，他便渡。

离开门派的人越来越多，有人放出风声说：有朝臣拉拢掌门，一起对付相国。赢了自然功成名就，腰缠万贯；纵然是输了，也有自己这些小卒给掌门当炮灰。

谣言越传越烈，夜里，相国公子敲响了掌门的卧房，他抱着被子，穿着睡衣，门一开就冲了进去，窝在掌门的床上瑟瑟发抖。

掌门："你能下去吗？"

公子："我，我，我突然听见我卧房窗外有磨剑声，有人讨论要杀我……"

掌门："他们吓唬你的，我门派弟子杀人当天一般不磨剑。"

公子拍拍胸："是吗？太好了……"

掌门："一般是提前一天磨好。"

公子："……"

公子于是每天晚上抱着掌门，睡到离开的那一天。

005

公子觉得，江湖啊太险恶了，自己还是冒着被爹骂死的危险回家吧。

而且，师父的坟也要扫了。

外忧内患，掌门决定暂时将门派交托给自己的大弟子。他问公子："我能和你回去一次，去大侠的墓前上香吗？"

"这当然轻而易举，只要说你是路边找的个顺眼的侍从就行了。"

进了相国府，公子先是挨了好多顿骂。他的那个侍从替掌门安排了住处。

掌门想请这人先带自己去看墓，结果这人浑身一颤，猛烈地摇头。

公子后来告诉他，墓的事情，府里其他下人全都不敢提，要是让相国知道，那可不是闹着玩的。大侠死的夜里，公子匆匆在花园里挖了坟潦草下葬，连墓碑都没有。

"你想看，等三天后爹陪皇上去华山，我再带你去看。"他说，"现在先忍一忍。而且，我有要事告诉你。"

公子那边可以找到可靠的人，安排姑娘逃出关外。

她留在中原，就逃不出奸相的手掌。公子找人安排她出关，至少留得命在。

这也了却掌门心里的担忧，于是两人连夜飞鸽传书回去，约定一个月后瓜洲渡相见，由公子亲自送她出关。

信送走了，三天也过去了。夜里，公子带着掌门去了花园的角落，在一块方形的小石头前蹲下了。

这里就是大侠的墓。

掌门在墓前跪下，为恩人上了香。突然，四周灯火通明，无数家兵提着剑和灯围拢过来。

公子和掌门都一脸惊愕。随后，相国从刀光剑影后走出。

"我就知道你这孽子会引狼入室。"老人说，"将这个逆贼拿下。"

006

掌门回头问公子："你跟我走？"

公子张大嘴："你还能带我走？"

"不能。但是，试试吧。"

掌门用公子的竹叶剑，拉着个只会三脚猫功夫的拖油瓶，拼杀了一整个夜晚。

公子很多次和他说："你松开手自己逃吧，别管我……"

可是掌门不松手。

这世道对善者已是太过无情，若他也松开手，今日只是看一个人去死，在他看不见的地方，便有千万人去死。

他记得很多年前，大侠也是这样，拉着自己的手，哪怕遍体鳞伤也不松开。

相国府血流成河，但援兵源源不断。那把竹叶剑断了，重伤的掌门被拖入地牢前，听见公子喊："你等我来救你！"

掌门在地牢中遍体鳞伤，哪怕能活着出去，也不可能像从前那样动武了。

他又梦见了大侠，那时还是少侠，鲜衣怒马杀进混战的山门，从屠刀下护住年幼的自己，一边哼歌安慰孩子，一边拔剑杀伐。

忽然，大侠变成了公子的样子，哭着说："等我救你！"

掌门醒了。

三更时分，寂静的地牢，公子穿着下人的衣服，举着把钥匙："嘘！我来救你了！"

公子和侍从把掌门救出地牢，带上马车。他们要直接去瓜洲渡。

掌门被抓，他的大弟子继位，成了新掌门，迅速被相国拉拢了。

好在姑娘之前已经离开了门派，估计是出发去渡口了。

公子："所以我们也去瓜洲渡。我放了你，我爹这次肯定要扒了我的皮，索性大家一走了之吧！"

到瓜洲渡时是清晨，渡口浓雾迷茫，马车停在不远处，公子和侍从先下了车。

公子："我们先去渡口看看她来了没有，你伤还没好，在马车里等，千万别贸然过来。"

一个形容猥琐的中年侍从，一个三脚猫功夫的公子，掌门觉得自己贸然不贸然，差别都不是特别的大。

他在马车里等了片刻，还是决定去看一下。浓雾重重，掌门嗅到了一丝血腥味。

他看到渡口有船影，有血色。两个人站在渡头，其中一个人佝偻着腰发抖，另一个人靠在树上呵斥。

"……一无是处就是一无是处。让你看清了再动手，结果瞎了眼一剑上去，船上居然只有她的侍女……"

"我……怕她叫……让他听见……"

"听见就听见了！话说回来，你刚才是不是在和我顶嘴？"

掌门走过迷雾，看见相国公子和侍从。还有一具半身在水中的女尸，穿着那姑娘的裙子，却是她的侍女。

见他还是来了，公子摇扇苦笑："哎，都让你别过来了……"

相国公子一开始其实也就是为了抓住那个姑娘。

后来她逃进了这个江湖门派。这事也不复杂，把人杀光也行，重金买通掌门也行。

偏偏公子觉得，掌门太好玩了。

"怎么我说什么你就信什么呀？莫不会真是个仙人吧？"他

大侠

吃吃地笑，"就忍不住再玩一阵，再玩一阵……"

其实掌门如果不撞破这一幕，他还能继续玩下去。就骗掌门说姑娘已经走了，他们换条路，出关去玩个一年半载。

008

栽在相国公子手上的人不少，但大多他玩一次就腻了。公子也知道，这群人喜欢自己，无非为了名利。

掌门不是，他居然是为了劝自己向善。

公子想，这人平时和个仙人一样，不要钱不要权也不要女人，估计就是装的。

他打算等看到掌门的真面目，再出手了结了这人。

结果，掌门没有什么真面目，就是这样的一张白纸。

公子想像从前对待很多人一样，在白纸上乱涂乱画，最后碾在泥泞里。可是对掌门，他却有些下不去手了。

"其实我很喜欢看清高纯净之人在泥泞里卑躬屈膝。"他说，"其实你也不是第一个被我骗的。上一个被我骗到死的人，就是你的大侠啊。"

公子和掌门说的故事，半真半假。

大侠确实被他救了，传授他一身绝学，但是，大侠没有死。

学会他的剑法后，公子就腻了，让人把这个满脑子人间正道的武夫关进地牢严刑拷打。

掌门一直没有说话，此刻终于颤抖着问："他死了吗？"

公子："算是死了，也算没死。"

因为，大侠最后向他卑躬屈膝。那一刻起，大侠死了。

公子："其实他一直在啊，只不过，你认不出他罢了。"

一直在相国公子身边卑微侍奉的中年人畏畏缩缩，此刻愈发低下了头。

大侠死了，活在这个世界上的，只有一个奴隶罢了。

公子摸着掌门的脸，眼里难得有些柔情："你若愿意，我定不会让你变成他那样，必会好好待你……"

掌门："我只想知道，相国所做的恶事，也有你的一份？"

"一份？"公子觉得被看轻了。他家那个老不死的哪里有这些脑子？要不是自己出谋划策，相国怎能有今日的威风。

从一开始，相国公子便是那个万恶之源。

009

"侍女在这儿，姑娘跑不远。"公子打了个哈欠，像差遣猎犬一样摆手，"师父，把人给我抓回来。"

侍从起初没动，只站在那儿发抖。

掌门说："不用白费力气了，她不在附近。"

说这话的时候，掌门看着侍从。

掌门说："我怎么可能认不出你。"

十余年后重逢不过朝暮。掌门在第一眼就认出了那个侍从。

人会老，人却不一定会变。

掌门说："我飞鸽传书的内容是，一个月后，你会前往瓜洲渡杀她，请她往京城逃。"

相国府的大半势力都在往瓜洲渡赶来，相国公子也在这儿，离开儿子的谋划，相国无论如何都想不到她会回京。

此刻，她应该已经带着那些证据，与朝中正道汇合。

公子脸上的笑意淡了，他不费吹灰之力制住了无法动武的掌门，转头和侍从说："把尸体弄下去，我们坐船出关！"

侍从仍是不动。他一直佝偻的背在慢慢挺起来，一直低着的头在慢慢抬起来。

比一个清高纯净的人卑躬屈膝更加使人感到震撼的，是一个卑躬屈膝的人在最后站了起来。

公子知道自己的末路近了，他拉住掌门："你和我走？"

掌门："你觉得可以？"

"不行，但是……"他也想试试。

他拿掌门当人质，逼迫大侠退后，两人登上了船。

掌门说："你知道吗，其实有一些时候，我真的相信你的故事了。"

"为什么？"

"因为我不愿相信大侠变成了那样。我宁可相信他死了，而你是个善人。"

船在江湖间飘荡，掌门点燃了火折子。江心的船变成了一团火球，须臾沉没。

尾声

江湖上仍有关于掌门的传说。有人说，大侠最后从水中救起了一个人，却不知是掌门还是公子。

也有人说，大侠最后救起了两个人。

因为，掌门依旧没有松开手，紧紧抓着他想救的人。

END

大侠

愚公
YUGONG

001

愚公打算移山。

从小，爷爷就告诉他：别觉得那座山麻烦，以后政府动迁，可以拿它个几千万的动迁费。

结果等爷爷去世了，爸爸去世了，这屋子还是没动迁。供电不方便，供水水压不够，网线要花钱单拉，就连快递都不肯送过来。

愚公不想忍了，找了个三无工程队，准备在山上开条路出来。

002

然后，愚公家的wifi就断了。

晚上愚公做了个梦，一个穿白衣服的古装男站在自己面前："听说你想动这座山？"

愚公："你知道这座山横在我家门口多不方便吗？"

白衣男掏出一面镜子，抚摸自己的脸庞："我这么完美，你能住在我脚边，是你上辈子修来的福分。"

愚公："你谁啊？"

白衣男："山神。你再敢动我一根汗毛，别说 wifi，4G 都接不到！"

没有网，愚公和死了没两样。愚公是个画手，自由职业，平时在家画点外包，在这不算偏远的低消费小山村，日子过得有滋有味。

所以他需要 wifi，需要快递，需要稳定的电压。

但是因为家门口横了座山，电线都拉不过来。愚公打开 PS 画了半天，家里断电了，没保存。

杀父之仇啊。

愚公在梦里抓住了山神："你还让不让我活！"

山神翻了个白眼："不就是画稿没保存嘛。"

说得那叫一个轻描淡写。

但是愚公号得撕心裂肺，山神开恩，让山上的树开了条道出来，这样施工队下次能把电线拉到愚公家。

山神："但是，这是有条件的。"

003

本地传说，这里从前确实有一位龙神，还有龙王庙，动不动就塌一次。

愚公按要求给山神画了几张龙神的肉，山神吃得有滋有味，格外开恩，加强了愚公家的 4G 信号。

山神："你下次把龙神的脸画圆点，他脸没那么尖。"

愚公："给你画都不错了你还挑挑拣拣。"

山神："我考虑以后让我手下的山鬼替你取快递。"

愚公"大佬，我保证下一本让他的脸比大饼还圆。"

这段时间下雨，山区时不时就滑个坡。这座山因为有山神，所以从没出过事故。

愚公问："那么是不是每座山都有山神？"

"不是的，山神其实很少，大部分情况下，山神不愿意当山神。"

愚公："为什么？"

山神："告诉你有什么用？"

愚公："我可以给龙神加点肉。"

山神："因为大部分山神，是被困在山上，将功补过的。"

山本来没有山神，若有犯事的仙妖鬼神，被抓住后，就会被镇压在山下，成为山神。

愚公："哦，劳改犯。"

"这些山神，自然是有机会逃便逃了。就算不逃，也会慢慢魂飞魄散。"

山神的刑期其实早过了，但仍待在这儿，是因为他夺得了一位龙神的元丹，故而苟活至今。

愚公："谁把你抓住的？"

山神也忘了自己犯了什么事，但记得抓住了自己的人，就是龙神。

千年之仇，怎能不报。

当年的山神，也算是一个叱咤风云的大妖，满天神佛拿他无可奈何，结果阴沟里翻船。

山神："你知道那条龙多阴险吗？装作乞丐，来我家里要吃要喝。就这么混了十几年，都混出感情来了，趁我不备，一巴掌干翻了我。"

山神也不留情，大家撕破了脸，他挖出了龙神的元丹，两败俱伤。

龙神把他压在山底前，还笑嘻嘻地对他说：你再等一段时间，我就回来放你走。

一等就是几千年，龙神早死得骨头都能打鼓了。

愚公想，这样下去不是办法，自己要是继续画本子，都没钱吃饭了。

好在山神闹了一阵，也没再让他继续打白工。山上的小鬼每天帮他送快递到门口，服务周到，算是有来有回。后来就山神亲自送快递了，坐在他电脑后面看他画。

愚公："你是不是每天都很无聊啊？"

山神冷笑："关你屁事。"

以前是大妖的时候，他孤家寡人。后来救了个可怜巴巴的乞丐，当兄弟一样掏心窝过了十几年，结果乞丐化龙，大家打得两败俱伤。

孤零零在山上过了几千年，所有人说这山有邪气，只有一户人家，傻呵呵还敢住在这儿。

山神平时就看着这户人家，老人死，孩子生，嬉笑怒骂。愚公也是他看着长大的。

山区的人越来越少，他以为愚公也会和年轻人一样离开，到外面的世界闯荡。但是这人留下了，每天喝喝茶，画画图，没有要走的意思。也许以后会娶一个姑娘，生一个孩子，一家人世世代代住在这儿，陪着自己。

山神其实拿他当宝贝，拿什么都不换。

有那么几天，愚公不见了。愚公只是进城会朋友，玩了几天。山神有点后怕。

愚公说："你到底为啥不走，要守着这座山？"

山神："老子乐意。"

山神还在等龙神回来。

等了几千年了，对方的元丹都被他挖出来了，该死透了。但他总觉得，那家伙那么诡计多端，说不定没死呢。

说不定有一天真的会回来，笑嘻嘻地放自己走了。

005

愚公又要进城了，这次是因为同学会。

他每次进城都要翻山越岭，一边走一边骂："迟早把这座山炸了。"

下山前，山神扔了条项链给他，就一根绳子，系着颗暖烘烘的金珠子。

山神："你带着，时髦。"

愚公走远了。山神看着这个人走远，看着他肩头的阳火越来越少——这人的阳寿将尽了。

愚公和老同学一起去附近的景点玩，大巴在盘山路侧翻，一车的人死伤惨重。愚公毫发无损，就是山神给的那颗珠子碎了。

这个意外，还让他收获了一个女朋友，两人都是幸存者，患难之交，同窗情谊，便走到了一起。

愚公回了家，和山神说："我要是能顺利追到她，就给你画100页的龙神。"

山神冷笑呵呵："哦。"

愚公的命就是龙神那颗元丹保住的。元丹毁了，山神也渐渐没了精神，有时候一睡就是半个月。他早该在千年前灰飞烟灭的，全靠龙神元丹强撑到今日。

山神再醒，愚公的家已经焕然一新。妹子准备搬进来了。

年轻真好。

山神打了个哈欠，群鸟纷纷腾飞。女孩子看看这座不高不矮的山。

"为什么要住在这儿呀？这边盖房子那么便宜，换个方便地方住不就好了？"

愚公一次不答应，两次不答应，第三次的时候，开始有些犹豫了。

山神没力气和他说话了，他躺在山顶看他们，觉得，哎呀，自己真的是老了……

就如呼风唤雨的大妖终将化为灰烬，千秋万载的飞龙也会成为白骨。山海从不是永恒的。

山神老了，老了之后，就会死。

陪着自己那么多年的人家，终于也要走了。

这天，山神忽然清醒了些，有了些精神。他看到愚公和未婚妻在收拾行李。他想啊，自己能不能最后做些什么，让他们别走？

自己不会再给他们添麻烦了，不会再横在他们的面前了……

所以，能不能别走？

能不能最后再陪自己一程？

尾声

天地间异响轰隆。

远近的人们看到，这座盘踞千年的山缓缓裂开，就像是一个人裂开的心，从山的中间崩塌断裂，一条山路显现出来。数千年来，愚公的家第一次看到山外的世界。

这座山死了。

愚公终究还是移了山。

END

龙诛
LONGZHU

001

人族和龙族打了很多年，战事告一段落，人族只余下半亩田地，国君献出了自己的公主，乞求邪龙不再进逼人类剩下的领土。

去之前，公主想过连夜逃出皇宫，或者自尽了事。但都只是想想，公主从来都是个童话书上写的那种公主，温顺听话，温柔善良，不会对压在自己命运上的任何事情说不。

公主被送出皇城，前往邪龙的宫殿。

002

邪龙看着站在王座下的公主，有点无语。

公主低头站在那儿，也说不出话，心里忐忑不安。邪龙都怀疑，要是逼她说话，这个人族女人恐怕会给活活吓死。

邪龙："你既然是人族送来的质子，那就在这里住下吧，安分守己，没有人会为难你的。"

公主点头，跟着侍从走了。

她住进来之后，邪龙几乎就要忘了宫里还有一个人族的人质。

人和龙的战争仍在继续，直到有一天，公主的王兄被龙族俘虏了。

公主在房间里坐立不安了很久，然后走出了她的住处，想去找邪龙求情。虽然成功率渺茫，虽然王兄也是当初主张把她献给邪龙的人之一。

她住在这里，也没人管过她，她单独住在一个安静的塔楼上，每天看看书，弹弹琴，生活和从前相比并无什么本质的变化。住处没有上锁，虽然有看守。

她拜托看守："你能带我去见一见龙王吗？"

看守："不行。"

公主纠结了一会儿："那，那我有机密军情要报告给龙王……"

003

公主低头站在王座前面，声音像蚊子叫："那个……"

邪龙这几天忙到偏头痛，揉着太阳穴："你说话响点声儿行吗？"

公主被吓得一颤，又蚊子似的叫了几声，然后总算鼓起勇气："我想求你放了王兄……"

邪龙没什么意外。他听见这丫头说有什么机密要汇报的时候，就预料到了她就是找个借口来见自己求情。

"不行。"

公主："真的不行吗？"

邪龙："真的不行。"

邪龙觉得自己像是在哄孩子。

公主哭了，也不知道该说什么。她从小被养在深宫，也不懂其他的事情，觉得救不了王兄，她除了哭没其他办法。

公主："我跪下求你可以吗？"

邪龙的偏头痛更严重了："你跪下对我有什么好处吗？！"

公主想了想，摇头，低着头不再说话。

邪龙觉得自己像个恶棍，专门欺负手无缚鸡之力的人质，公主从出生开始连皇宫都没踏出一步，来见自己求情恐怕是她这辈子干得胆子最大的一件事了。

他揉了半天太阳穴，说："这样吧，我让你们兄妹见一面，你让那位人族王子永远不要再与龙族为敌，我就放他回去。"

004

王子被放回去了，临走前他还问公主："邪龙是不是对你有意？"

公主吓得脸都白了："我才和他见了第二面。"

王子突然抓住王妹的手："这是我们的机会，你只是求他一次，他便愿意放我，如果你继续接近他，我们就会有更多机会。"

公主一直很听话，听父亲的训诫，听兄长的管束。要安静，要温驯，要无知也要矜持和贞洁。

她的耳朵现在都是红的，在塔楼里来来去去地踱步。

过了几天，看守将她带出塔楼，邪龙在大殿等她。

她的父王给她来了很多信，寄给人质的信当然会事先经过检查，检查之后，他决定把她叫来。

公主看了信，红着脸没说话。她不知道这种场合该说什么。

邪龙："你意下如何？"

公主："……"

邪龙："不勉强。"

公主终于丢开信往后退，逃回了塔楼。

父王给她来信，训诫她要恭顺服侍龙王。

005

邪龙有意联姻。打仗是一个无底洞，而联姻确实是个好办法。

国君的信一封封寄来，催促女儿尽一切努力讨好龙王，保全家国。一开始是训诫，后面带些央求，如今言辞严厉。

公主又开始想，是连夜逃，还是自尽？她看一眼邪龙都觉得背脊发寒，虽然只看过他化为人的模样，但龙角仍然狰狞如匕首。

听说龙族的王化为巨龙时，双翼铺天盖地，左翼遮蔽烈日，右翼湮没月色。

公主想过自己会嫁给一个王子，或者一个重臣将领，但她从未想过自己会嫁给一条龙。

公主逃了。

毫无疑问，她被抓了回来。深夜从塔楼的窗口跃出时，她的脚踝扭伤了。

邪龙看着被押在殿前的公主，命士兵们放开了她。

"为何要逃？"

公主站不稳，跌坐在地："我不想……不想嫁给龙王……"

邪龙："不想那就不嫁，至于逃吗？"

公主："可我不能说不想……"

邪龙不是很懂人类女人："我说了，不勉强你。你觉得我会食言？"

公主又不敢说话了。

邪龙："回答？"

公主："……可能……会……"

邪龙："为什么？"

公主捂住嘴，瑟瑟发抖："因为龙王看上去很凶。"

006

听说女儿试图逃跑，国君惶恐万分，又送来无数的美人与奇珍异宝。

邪龙正好这几日在想，自己究竟哪里凶了这个人质公主。他还去塔楼看了养伤的她，又觉得塔楼太高了上下不便，让公主搬去宫中的偏殿居住。

她看到一堆侍卫进来，以为自己要被拖出去杀头，咬着嘴唇泪如泉涌。

邪龙真的搞不懂人类女人。

搬去了偏殿，也需要平时有人陪着，国君恰好送了人和礼过来，那些珍奇干脆用来给她装饰新居，美人也都可以当作宫女。

公主的伤好得差不多了，心想：总该去道个谢吧。

于是终于鼓起勇气去大殿找正在处理公务的邪龙。

"前段时间……给龙王添麻烦了。"

邪龙在批阅公文，头也不抬："嗯。"

一本书被递到他面前。

这是公主的谢礼。虽然身为公主，但她其实一无所有，只能把平日喜欢看的书送他。

007

过了一阵，他去偏殿找她。书看完了，要去还书。

公主说不用还。

邪龙："你带了不少书过来，想和你再借一本。"

那夜他在偏殿度过，其实并无什么事，只是对坐读着各自的书。

公主看完书，把它放回书架上层，踮起脚的时候，受伤的脚还在疼，人站不稳。

一只手从后面稳稳托住她，然后拿过她手上的书。

邪龙说："我今夜借这本回去。"

有时候夜读得晚了，公主就伏在他膝头睡了，龙的手指滑过她柔软的黑色长发，他真的搞不懂人类女人。

塔楼现在是公主的了，里面摆满了邪龙从各地找来的书籍和古琴。

她很想去书上写的那些地方，邪龙说："等将来你不怕我，我可以载你飞去那里。"

她连连摇头，人形的他尚且那么可怕，何况是巨龙。

龙王的生辰要到了，国君给公主送了一些名贵食材，让她为邪龙做一道菜。比起催促联姻，这件事情微不足道。她亲自下厨做了羹汤，放到他面前。

邪龙不是很信任公主的厨艺。问："你自己喝过没有？"

公主有点不服气，先喝了一口，味道还不错。邪龙看了一会儿文书才坐下，正要喝的时候，却看到她呆呆地站在对面，血从口鼻涌出来，人倒落在地。

因为只喝了一口，所以公主没有死。她完全不知道食材里面有毒。

醒来的时候，邪龙坐在她的床边。她颤抖着想躲开。

他说："你别怕。"

毒本来是想用来杀邪龙的，没想到公主先喝了。她知道这意味着什么。

"能不能……放过我父王？"

邪龙摇头。

公主怔怔地低着头。

他说："但是因为你，我可以饶了他们的性命。"

"在开战前，要先把你送回去。"他说，"你不能再待在这里了。"

在龙族眼中，公主毒杀龙王未果。如果两军交战，她就是人质，必死无疑。

邪龙必须在其他的龙族还未动手前将她送回去。

龙族在等公主的人头落地，在他们看来，这是真正和人族开战的信号。

临走前，公主没有上马车，她对他说："其实你可以杀我。"

邪龙愣了一下，摇了摇头："不需要杀你。"

他把公主抱上回家的马车，她好像经历了一次短暂的飞翔：从今往后，为自己而活吧。

009

公主回家时，没有人以为她还能回来。

战火即将重启了，国君决定，将公主许配给一位将军。

将军并不喜欢公主，所有人都觉得，公主曾经是邪龙的人。婚礼即将举行，她想带一些书出嫁，将军却说："府里并没有给你放书的地方。"

龙族内部发生了内讧。很多龙都觉得，龙王送还公主，是在偏袒人类。他一直试图让两族共处，却遭到了全族的反对。

这场内讧让龙族自相残杀，邪龙平定了这场内战，但也元气大伤。

在这个时候，他收到了公主请人送来的东西。

那是一箱旧书。附信也很简单，说即将嫁给将军，将军府中没有放书的地方，只好送到这儿来了。

邪龙回了信：你很快就会有放书的地方了。

他想，至少找到了一个开战的理由。

收到回信的时候，国君和将军勃然大怒。将军希望以通敌罪处死公主。

公主的乳母听见了这个消息，传信给了她，让她尽快逃走。

但是公主终于逃不动了。她不想再逃，她回忆那个夜晚从塔楼上跃下，忽然觉得有些开心。人的一生，逃这种事情，做一次或许就够了。

010

开战时，龙族却没有杀入京城。邪龙怕误伤到她。

这种迟疑，让经历过内战的龙族溃不成军。

公主正前往刑场。龙族开始撤军了，人族需要血的颜色来激励军心。而邪龙化为巨龙，盘旋在京城的上空，寻找着她的踪影。

他找到了刑场，冲入人群之中。

人群在逃窜，士兵们投出长矛射出弓箭。邪龙的双翼护着她，问：“你和我走吗？”

公主原先看到人形的他都会害怕，可是现在看到了龙，反而不害怕了。

他真的搞不懂人类女人。

她翻上了他的背，腾空而起。邪龙的龙甲已经破碎了，龙角也已折断了。他知道，他没法带着她飞太远了。

他越飞越低，越飞越慢。追击的士兵们手中的长矛接二连三地刺破龙鳞，在城外的树林中，巨龙轰然陨落。

邪龙：“你走吧，去你想去的地方。”

公主抱着膝盖，就坐在他的身躯旁。燃烧的箭矢和长矛如暴雨般落在邪龙身上，他只能用破碎的双翼护住她。

这就是她想去的地方。

尾声

龙的时代结束了，邪龙的传说也消失了，国君击退了龙族，成就了千秋万代所歌颂的伟业。

烈火焚尽了巨龙，依然能见到龙背上无数箭矛的影子。他死的时候，仍然在护着一个小小的女人——那个他到最后也搞不懂的人类。

END

从穿越到创业

001

因为主世界人口爆炸，所以上级新成立了一个部门，发动年轻人穿越下乡，古代天高地阔，可以大展身手。

002

老冬站在传输台外，呆呆地看着外面的广阔草原，手上的电脑包，有点沉。

旁边有个小伙子拍了拍他的肩，这小伙子瘦瘦小小，看着二十来岁："哥们，咱俩是不是一样，都有点不祥的预感？"

老冬："脑袋一热就过来了，结果自己的职业好像在古代没啥用。"

小伙子："我姓刘，叫我小刘就行。老哥您是干啥的？"

老冬："……网络信息安全。"

小刘："听起来好牛啊！为啥穿越？这种高科技专业，可以申请留在主世界啊。"

老冬："……黑客，犯事了，逃过来的。"

小刘抱拳。

老冬："你是干啥的？"

小刘："好像也没啥用，搞新媒体运营的。其他同事都能半夜起来写明星找小三的稿子，我睡过头了。"

传输台又响了两声，又有两人被送了过来。

003

这两人，一个是个二十五六岁的小年轻，打扮清清爽爽。另一个邋里邋遢的，头发都不知道多久没修过，身上一股烟味。

小年轻很友善地对老冬和小刘点头问好。他叫阿仁，来之前是个无业游民，每天闲在家里，被爸妈一脚踹过来了。

烟味哥寒着脸，又想抽烟，但是传输前不许带打火机，只能叼着烟。

他说他叫豆子，是个职业电竞选手。

四个人蹲在传输台，有些茫然。

本来想落户到古代，应该可以靠现代人的智慧在这里开创一番事业。结果——黑客、新媒体运营、职业电竞选手、无业游民。

不妙啊。

时辰一过，传输台消失了。他们被丢在茫茫草原上，拔剑四顾心茫然。

刀到病除

阿仁问大家："你们都为啥选择穿越过来？"

老冬是偷了人家网银里的几万块，被查到了，紧急逃过来的。小刘和豆子都属于"职业富余"——就是说主世界里干这行的太多了，干得不太好的就被插队……不是，被安排来穿越了。

阿仁是无业游民，父母也不想养他，把孩子扔过来自生自灭。

小刘："震惊！夫妇俩夜里竟在干这样的一件事。"

但来都来了，抱团取暖吧。

突然，草原另一头出现了几个人高马大的影子——几个大汉手持弯刀策马而来，嘴里呼喊着，把他们团团围住。

004

四个人被链子串成一串，抓回了部落。

小刘："咱们该不会被食人部落抓回去了吧？这儿能不能发微博啊？"

老冬："你认真的？"

小刘："不是，我就是看大家太严肃了，想调节调节气氛。"

一直不吭声的豆子倒是很淡定："都这样，游戏里头主角一开始要被抓，然后第一关就是想办法逃出来。"

这个部落规模还挺大的，他们被拽着走了半天，带进一个帐篷里。一个穿着皮草皮甲的大汉正在帐中喝酒，嘴里叽里呱啦地说着什么。

老冬："有人听得懂这人在说啥吗？"

豆子："进剧情了，等等就过了。"

阿仁笑嘻嘻的："我觉得他应该是想把我们四个人拉去做奴隶。"

小刘戴着手铐抱拳："失敬失敬，您居然听得懂他们的鸟话。"

阿仁："听不懂，我瞎编的。但我就觉得，这种部落一般都是强者为王吧？"

哗啦啦一阵响，阿仁手上的镣铐落地，整个人猫一样灵活地窜出去，跃到了那大汉身后，一刀封喉。

全过程不超过四秒。

005

阿仁打着哈欠，把这人的脑袋举起来。

这个部落暂时就归阿仁了。

小刘"啪啪啪"鼓掌："不得不看，一个四十岁的男人让一个二十岁的男人走进卧房，最后居然……"

阿仁微笑，眼角微微有些寒意。

老冬捂住这死孩子的嘴："你不要命了你？！"

阿仁在主世界是杀手，全球通缉的那种。

老冬原来以为只有自己是犯了事，但是遇到了这位，顿时显得像个良民。

阿仁拍拍他的肩："都是老乡，一起创业吧。"

老冬看了看这个游牧部落："你……你是不是想从草原开始发

展，做大自然的搬运工，搞农副产品，用牛奶富强古代同胞？"

阿仁："不，我想搞个杀手组织，自己当老板。"

小刘照例捧臭脚："好好好，那您这杀手公司要新媒体运营吗？《他年仅二十，开创的事业让男人沉默，女人落泪》。"

阿仁："不要。"

豆子坐在地上啃牛肉干，这地方蓝天白云，风吹草低见牛羊，民风淳朴，从游戏设计角度来说根本不像是杀手组织的地图。

006

不管怎么样，阿仁的杀手组织就在这灿烂阳光之中开起来了。

大家先和这个部落进行简单的多语言交流，把大汉的尸体拖了出去，帐篷改造成办公室。小刘和这些套马的汉子进行了亲切问询："您有仇家吗？您想干掉他吗？现在向我们求助，仇人第二个半价。"

汉子们都不要，这里的风俗是有仇亲自报，杀人不犯法。

杀手公司在主世界不需要新媒体运营，因为杀人犯法，不能打广告。但是到了这生死自由的草原上，周围十七八个部落，阿仁觉得，还是需要小刘帮公司打一下广告的。

小刘一拍脑袋想了句口号："真正的男人，不追求……"

老冬看到阿仁的微笑消失了，捂住了这死孩子的嘴。

豆子还在啃牛肉干："都没 NPC 给咱发任务啊。"

阿仁觉得这样下去，不太行。一个标题党，一个打电竞的，一个黑客，自己又只有一把刀，在古代发展不下去啊。

老冬说："咱们是不是该回城市，不能总在这草原上混，这地方估计还是关外吧？！"

豆子年纪虽然小，但是很清醒："你觉得就咱们四个，回城能怎么发展？而且回城杀人就犯法了，连杀手都当不了。"

阿仁："要有点职业自信，咱们来头脑风暴一下，除了自己本身在古代没用的技能，还有什么技能。"

小刘举手："我！我特别能写东西！本来是想写小说的！"

阿仁："还是没什么用。下一个。"

老冬默默想了一会儿："我……数学还挺好。"

阿仁："会算账。下一个。"

豆子："我特别能说垃圾话。"

阿仁："说一段听听。"

豆子突然兴奋，拍案怒骂："你们那边那个 XX 用挂，我说他用挂他就是用挂，不信我们找官方作证决斗，你不想丢人就自己删号回家把你脑袋埋你妈怀里……"

阿仁揉着太阳穴，有点绝望。

从创业到放弃

007

最后大家决定还是根据老冬的提议，去找个城市。毕竟城里机遇多、语言通，总比在塞外啃牛肉干要好。

四人骑着马，跟着手机里的指南针往南跑。为什么是往南呢？小刘说："史书上，这种游牧民族都是从北往南走的。"

整个部落跟着阿仁拔营，一群人浩浩荡荡南下，走了三天，面前出现了一座城。

城头有三个字：天落关。汉字。

四个人都像百姓见了八路军似的，觉得亲切，策马向城门去了。刚刚靠近点，城头飞来乱箭。城头有人大喊："尔等蛮夷给我退后！"

小刘挥手："自己人，自己人！"

这给了对方一个醒目的射击目标，要不是阿仁劈手打落一支射向他的飞箭，估计新媒体运营就要当最后一次标题党了：他作为男人竟然被射了，究竟是道德的陨落还是人性的泯灭？

一个带着红缨头盔的人站在城头，看身份地位不低，估计是守城将军。

不管哪个将军，看到一整个蛮族部落毫无预兆兵临城下，都会觉得十分刺激。

豆子没啥战斗力，平时都是拖在最后面的，无聊地拿着一把弓冲着天射了一箭，"嗖"的一声，箭走了个神奇的弧度，将军头顶中箭，从城上摔下去。

豆子："……"

豆子："那个……我也不是故意的，我就是想试试看游戏里面射箭的弧度是不是真的……没想到缘分到了……"

没过多久，副将开城门投降了。

008

四个人在城里坐下：我们这算……拿下这座城了？

穿越废物

老冬沉吟半天："要不然咱们就以这座城为基础，发展纺织业，搞生产搞建设……"

小刘还在给那一箭起标题："男人不能乱射，他射了一次，竟然让世人惊叹……"

阿仁很执着于当杀手。他有种优越感："搞什么纺织，世上最古老的几个职业，杀手，小偷，妓女。"

老冬："啊？你是说我们几个去当坐台？"

阿仁："……你如果想去可以去，我要开杀手组织。"

老冬："但你就一个杀手，顶多开个个人工作室。"

这不是问题，阿仁准备在城里招聘一批杀手。

现在豆子是城主，贴了个告示，给阿仁的工作室做了个宣传，文案是小刘写的：靠老板，你永远只是仆人。靠自己，你就会成为至尊！

来的要么就是无业游民，要么就是不认识字的苦力。老冬帮他们建账本搞登记："阿仁啊，你这公司没进账啊。"

阿仁："我去城里富商家拉拉投资。"

过了一晚上回来了，拉到不少投资。老冬不想问过程，估计有点血腥暴力。但无论怎么说，杀手公司第一期的学员培训费有了。这次阿仁决定先搞好培训再开始接单，大家慢工出细活，没钱了就去富商家里"割韭菜"。

结果太平日子没过几天，朝廷派来平乱的兵马冲这边杀过来了。

四个人蹲在墙头，突然意识到自己的行为在这个朝代确实算是造反。之前没考虑过，以为和游戏里面打地图一样，打下一张地图就可以了。

对方带头攻城。阿仁眯着眼看城下："那将军有点眼熟。"

老冬也眯着眼睛看一会儿："那将军铠甲下面好像穿的是阿玛尼西装。"

这时候，旁边的阿仁终于看清那人的脸，骂了一声："居然是老凯！溜了，溜了！"

老凯，国际刑警，和阿仁猫捉老鼠捉了快五年了。阿仁想穿越跑路，没想到这人提前就穿了过来，还混成了将军。

城门被城里的内应打开了，老凯脱下铠甲露出里面的西装："除了那个叫阿仁的，其他人一律不追究刑事责任，给我把他交出来。"

阿仁给城里人绑出来，被老凯往胳膊底下一夹，走了。两人边走边互骂，感情好像还挺好的。

其他三个人面面相觑。唯一有点实质性技能的阿仁被抓走了，就剩下三个穿越废物……

怎么办？

尾声

三个人蹲在城外啃烧饼，正无奈间，就听见旁边有"叮"的一声响，一座传输台横空出世。

又来了老乡！这次来的人会不会有个比较牛的技能？比如格

斗家啊、史学家啊、农业学家啊？

一个穿着蓝格子衬衫的胖子从里面出来，被三个人围住。

小刘："你好，你是做什么的？"

胖子："快车司机。"

小刘："……"

至今为止在古代最没用的职业，出现了。

豆子和老冬蹲在一边叹气。豆子："到底是谁把这种穿越机给发明出来的……"

老冬打开笔记本电脑，里面还剩百分之五的电量。到开机完成，只剩下百分之四了。

这是他最后百分之四的能力了。

老冬看着桌面上的一个快捷方式，苦笑着把它拖进了回收站。没有人知道，这是穿越机的程序设计。

END

庸医
YONGYI

太医院的掌事太医是个庸医，太医院几乎人人都知道。

庸医他爸是上一任掌事，借着关系让儿子年纪轻轻就当了太医院一把手。庸医也不负众望，王太医治好了皇后娘娘，他说是他开的药方；李太医治好了丞相，他说是他配的偏方……

要资历没资历，要才学没才学，凭老爹的关系霸占掌事这个闲职肥差也就算了，还抢同事的功！

大家都不想忍了。

002

皇上的七皇子病重，叫太医院推举一个好太医。一群大夫齐刷刷推举庸医，把庸医吹成了少年神医。

皇上立马召见了神医。

"上次皇后感冒是你看好的？"

庸医："是我啦。"

皇上："上次丞相头疼也是你看好的？"

庸医："是啦！"

皇上："上次朕……"

庸医："都是我啦！"

皇上："……上次朕养的那只猫得了痔疮，居然也是你治好的？！"

庸医："……"

圣上下旨，庸医进了七皇子府，就看到一个十一二岁的小屁孩穿着华服，裹得和个粽子似的，病恹恹躺在床上。

七皇子："听说上次父皇的猫得了痔疮你都治得好？"

庸医："别说猫得痔疮，你父皇的痔疮都是我治好的。"

七皇子："……上次八皇子……"

庸医："是我！是我！都是我！"

七皇子："八皇子还没出生。"

刀到病除

003

庸医："殿下什么症状？"

七皇子是打心底里觉得这个庸医不靠谱。

"头疼，不想动，疲惫。"

庸医："孩子不舒服，多半是装的，打一顿就好了。"

七皇子拍案而起，让王府家丁把这庸医拉到庭院里打了一顿板子，又病恹恹地躺了回去。

七皇子："现在你说是什么病？"

庸医："我腰部以下大腿以上疼……"

七皇子："我说的是我的病。"

庸医："我觉得你长大了会很危险。"

七皇子三天两头就病，查不出这孩子得了什么病。反正就是个宫女生的皇子，又不得皇上宠爱，渐渐没人管了，七皇子府就和个活死人墓似的。

但是皇上连庸医一起忘了——圣旨让他去七皇子府，没得到新的圣旨就不能走。七皇子每天说这不舒服那不舒服，庸医就被拖在了这，大家斗智斗勇。

庸医："你就是装病！"

七皇子："你还想不想要屁股了？"

别的皇子威胁人都是用脑袋，只有七皇子用屁股，和别人很不一样。

004

有天，庸医接到了太子的旨意，叫他去东宫问话。

自己总算可以远离这个熊孩子了！庸医捂着屁股，一溜烟儿地跑了。

结果到了东宫，太子殿下问："我弟到底啥病？"

庸医："我觉得七皇子没什么大碍……"

"没什么大碍为啥还每天告病？"

太子："你这个太医分明就是在摸鱼！"

太子让东宫的侍卫把庸医拖到院子里打了顿板子，不是一家人，不进一家门啊。

太子："你给我滚回七皇子府，我弟的事，事无巨细都要上报！"

庸医回了七皇子府，小屁孩很欠揍地问："我皇兄怎么样啊？"

庸医："我一眼就能看出他对你的拳拳情意。"

七皇子："你是用P眼看的吧？"

其实日子久了，待在这儿也还不错。庸医还是知道自己的，靠老爹才能当个太医，连十二正经都背不利索，待在太医院迟早穿帮。七皇子这毒舌小屁孩吧，欠揍归欠揍，至少知道他是庸医，这让他轻松了一点。

七皇子："你是怎么有勇气继续当大夫的？你不觉得你活在这个世界上是人类的耻辱吗？"

庸医："大夫又不是我想当的！我爹让我当的啊！"

005

庸医的家族是个名医世家，从爷爷的爷爷开始就坐镇太医院了。

庸医是家里的独苗，爹妈含着怕化、抱着怕摔，问孩子长大了想做啥，小庸医说，我想当大侠！

爹妈顿时面有难色。

庸医不是没良心的孩子，尽管不务正业，可是个好人，不想让爹妈难过。

"不，我想和爹一样当太医……"

就这样赶鸭子上架，庸医进了太医院，自己又不学无术，只好靠抢其他太医的功劳。

庸医："我也知道这样很混账啊，可是我真的没办法嘛！"

七皇子："为啥会没办法啊？自己好好学医不就行了吗？"

庸医："你当我想学医啊！"

七皇子："那你当我想当皇子啊？"

七皇子的生活环境可能比庸医还要惨一点。

庸医的爹妈把儿子当个宝，可七皇子刚出生，那个当宫女的短命娘就不明不白地死了，皇上老子渐渐把这孩子忘了。

七皇子说："我爹妈要是对我好，他们让我学什么我就学什么，你居然还挑挑拣拣？"

庸医想：你也就是嘴上说说。我要是没爹妈管着，自己就去找个江湖高人拜师学艺，仗剑天涯，才不要窝在太医院里，每天被人戳脊梁骨……

七皇子要过生日了，同样没声没息，都没人来送礼。庸医看这孩子窝在书房，觉得可怜。

"你生日想要点啥？"

话一说出口就后悔了，这个小屁孩不是个善茬，肯定要求刁钻。

果然，小孩说："这样，你让我爸过来陪我过生日就行了。"

006

庸医偷偷带着七皇子出府，回了自己家。

他对爹妈声称，这个小孩是自己在外面认的干弟弟，娘死得早，爹又喜欢后妈……

　　七皇子居然没揭穿他，在庸医的爹妈面前十分乖巧，楚楚可怜。庸医的爸妈本来就喜欢小孩，母亲听得直抹眼泪，亲自下厨给这孩子做了一桌菜。

　　母亲："你既然认了我家这不成器的孩子当哥哥，那你就把我们当爹娘，以后想来就来，娘给你做饭。"

　　七皇子呆呆的，没想到居然会这样。

　　她把热腾腾的饭菜盛他碗里："瞧这孩子可怜的，肯定身上病着，待会儿让当家的给你开两服药带回去。"

　　菜肯定没有王府里那么精致，但有人情味。

　　七皇子端着饭碗，愣了一会儿，开始埋头吃起来，用碗掩着脸，眼泪就下来了。

　　七皇子说："娘，以后我一定好好孝顺你们。"

　　七皇子时不时就往庸医家里跑，小孩子看着开朗不少。

　　庸医："那你可以别装病了吗？就说自己病好了，用不着我了呗！"

　　他不肯，继续称病。

　　没过多久，太子召庸医过去。临行前七皇子叮嘱："不管太子怎么问，你都说我病了，知道吗？"

　　知道个屁！

　　庸医去了东宫，太子问皇弟病情。

　　"听说他近日时常外出？"

　　庸医说："七皇子其实无甚大碍了。"

　　太子："那为何还称病？"

庸医存心想整那小孩一下："估计是为了逃学，不想读书。"

结果，太子很久没有说话。

糟了，得罪太子了？

庸医心里一惊，抬头，却见太子在笑。

笑得叫人心里发毛。

007

太子让人给了庸医一瓶药，说："这药对皇弟的病情有益，你回去，给他喝了。"

庸医本来没心没肺的，突然之间，却不敢接那瓶药。

"病人不能乱吃药。"他结结巴巴地找理由，"其实……七皇子……有点风寒……"

太子："不给他喝，那你就自己喝。"

这药有问题。

庸医刹那间浑身发凉，耳边嗡嗡响，拿着药出了东宫。

回去之后，七皇子问："你是不是傻？"

庸医："……"

七皇子："都装了那么久的病，说不定再熬一熬就可以有自己的封地，然后离开京城了。你偏要让我皇兄提防我称病争宠，你说你是不是傻？"

七皇子："药呢？"

孩子拿过装着剧毒的药瓶，平静地放在手心盯着。

"反正事情都到这一地步了，干脆将错就错，装死吧。"

七皇子："你帮不帮我？从乱葬岗找具孩子的尸体冒充我，我们从这个活死人墓逃出去。"

庸医："然后呢？"

"然后，庸医家里就会多个养子。"七皇子忍不住笑，"那样也很不错啊。"

七皇子真的很喜欢庸医的爹娘，如果有一天，他们真的是自己的爹娘，那就太好了。

一想到也许梦想成真，小孩子就欢喜得想哭。

庸医看他哭了，心里一紧，抱着他揉脸。

"哭什么，我帮你呢。"

"都认你做弟弟了，怎么能不帮你啊。"庸医苦笑。

008

孩子的尸体想办法弄来了，深夜送进了王府，七皇子先去城里的客栈躲起来。

庸医上报，说七皇子突然病逝。

人死后都脱了样子，再加上七皇子总是称病，虽然死了个皇子闹得沸沸扬扬，但这事居然也就盖过去了——反正八皇子也出生了，九皇子也在路上了，死了个七皇子，没什么大不了的。

庸医累得两眼发花，带着七皇子回了家，就说这孩子今天开始在这儿住下了。

母亲自然欢喜，带着仆人收拾新的住房。父亲好像也挺高兴的，早上吃了饭，说是想和这孩子单独聊聊。

　　庸医总觉得心里发慌。父亲不是那种时常和人单独谈话的人。房门关上不久，他就忍不住找了个借口推门进去。

　　父亲手里拿着根绳子，正勒着小孩的脖子。庸医和母亲都冲进去将人拉开，母亲哭喊着："你疯了？！"

　　父亲捂着头，浑身发抖："他的命是太子要的！"

　　七皇子府的风吹草动，根本瞒不过太子。他早就知道七皇子在这儿。

　　庸医问父亲："太子承诺些什么，能让你杀一个孩子？！"

　　父亲痛哭："他承诺让我们活命！"

　　恍然间，庸医明白过来，在太子眼里，他们什么都不是。

　　锦衣玉食的富家公子哥也好，在太医院任性妄为也好……

　　当那些他曾经引以为豪的保护被另一股更加强大的力量压得粉碎时，庸医什么都不是。

　　他怎么就敢跳进皇族争斗的旋涡里，还不知天高地厚带着一个七皇子，自以为可以隐姓埋名？

009

　　就在这时，府外来了士兵。说是奉太子之命，在京城里搜寻一个"逃犯"。

　　父亲又想抓住七皇子。

　　"快，太子派人来了，把这孩子交出去！"

　　庸医站在七皇子面前，看着孩子稚嫩的脸上透露出和年龄不符的绝望。

他说："不行，我认他做弟弟了，我不能送弟弟去死。"

士兵已经进了府，父亲六神无主，母亲却站了起来，理了理发髻和衣襟，对孩子们说："你们换上佣人的衣服，从后门走，尽快出城。"

"那母亲怎么办？"

夫人笑笑："娘当然是去做娘才会做的事情呀。"

她带着家丁，拦住了那些士兵。庸医咬着牙，带七皇子从后门逃。刚打开门，就听见女人凄厉的喊声："孩子，快跑啊！"

庸医哭了，和七皇子说："你走，我回去救娘！"

孩子也在哭，但是面无表情，神态平静。

"走吧，来不及了。"

两人装成乞丐混出城，相依为命了很多个月。

没钱买吃的，只有一个馒头，庸医让给他吃，小孩子不经饿。

七皇子吃着吃着，问："你不恨我？"

"我为什么要恨你呀？"庸医揉揉他的头。

孩子说："我害死了娘和你爹。"

庸医垂下眼，没说话。他知道这件事情，自己有错，太子有错，爹有错，唯独这个孩子是无辜的。

庸医只是说："你别多想，你是我弟弟，哪有哥哥会恨弟弟的？我一直想要个弟弟，这样，他可以学医，我可以习武……"

现在终于有个弟弟了，挺好的。

半年后，等风波过去，七皇子说要回京。

回京做什么？这孩子的小脑瓜里不知道在想什么，最近沉默寡言的。

庸医不再是太医院的掌事了，孩子也不再是七皇子了。可他说，回京有很重要的事。

也不知今后要去哪儿，既然七皇子说回京有事，那就回京吧。

回了京，物是人非。庸医想去找父母的尸骸，七皇子说，有更重要的事情。

这个孩子写了几封信，不知是什么内容，这些信都被送到了几处官员府邸。之后，七皇子每夜都会去和不同的官员密谈。

庸医担心："那些官员不会把你出卖给太子吗？"

孩子只是倦倦地看着灯火："人只会出卖对自己没用的东西。"

他已经完全不像个孩子了，好像孩子的躯壳里住着个怪物。

又过了一个月，七皇子说："明天丞相会助我进宫，见父皇一面。你在城门口等，如果一天过去了还没消息，你就走，永远不要回京了。"

010

庸医听他的，等。

黄昏时，禁军突然从宫内出动，京城戒严。紧接着，有人宣告先帝驾崩。

据说先帝临终前，七皇子就在他的面前，有人传出了衣带诏，说先帝废了太子，改立七皇子为太子。

老人死得太突然了，当太子和其他皇子匆忙进宫时，以宰相为首的文官已遵照衣带诏，拥立七皇子登基。

等待孩子的庸医被一群人护住，带入宫中保护起来。有人告诉他，七皇子登基了。

庸医松了口气，但欢喜过后，却觉得有种说不出的怪异。

他在这里，被形同软禁地保护了将近三个月，与世隔绝。三个月后，宫人说，皇上要见他。

刀
到
病
除

皇上坐在龙椅上，小小的身躯穿着太过沉重的龙袍，在大殿里面无表情地看着他。

庸医感觉，这孩子有些许陌生。

皇上说："你不用怕。"

庸医想：我才没怕。但手脚还是忍不住发抖。

皇上让人关上殿门，然后走下龙椅，到了他的面前，塞了个瓷瓶给他。

这个瓷瓶很眼熟，似乎是当时太子的毒药。

皇上："不错的毒，先帝服下之后，死得毫无痛苦，就和睡着了一样。"

庸医手一抖，瓷瓶摔在地上，落得粉碎。

"碎了也好。"皇上用脚把碎片踢开，神态又有几分像个孩子，浑然不像是亲手杀了父皇的人。

他和那些拥立自己登基的大臣达成了协议，当一个傀儡帝王。

原来的太子可不会答应这样的条件。顿时，先帝和太子都一文不值，只要扶持七皇子登基，这些大臣就会成为王权实质上的控制人。

无所谓。皇上想，人心太好控制了，王权就像是他们的赃物，很快就会因为分赃不均自相残杀。

在此之前，先解决自己所有的兄弟，所有的皇叔……

——还有那个人。

皇上告诉庸医，其实他的父亲没有死，因为投靠了太子，所以仍然苟活至今。

011

父亲在牢里，样子惨不忍睹。见到儿子时，几乎以为自己在做梦。

庸医去求皇上放了父亲，皇上不为所动："你也不想想，是谁把我变成这样的？"

皇上最多给他留个全尸，已经算是龙恩浩荡了。

庸医问："不能打一顿板子吗？当时你不也只是打了我一顿板子吗？"

庸医总觉得，这还是那个七皇子府里的小屁孩，一言不合就打人板子，嘴巴又贱又欠揍。

可这人不是小孩了。他可以把母亲的尸骸找回来厚葬，也可以把父亲给千刀万剐。

"去给娘磕个头吧。"他说，"她是这世上最好的人，我把她葬在皇陵旁。"

庸医问："那就不能看在娘的分上，放了父亲吗？"

皇上笑了："我喊过你的母亲作娘，从今往后，不许你再喊他一声父亲。"

皇上什么都能给庸医，高官厚禄，名誉地位——别说一个太医院，就算是当大侠，他也能为庸医找来武林顶尖的高手。

"都这样了，你就别管你爹了，不好吗？"

母亲没了，只有庸医的身边还留着自己以前的影子，留着以前那个孩子最后的一点温度。

庸医决定自己把父亲救出来。

钱已经不是问题了，花重金买通了狱卒，把被打得不成人形的父亲用个同样血肉模糊的死囚换了出来。

他带着父亲往城外逃，决定北上出关。一切看似顺利，到北方的关卡时，御驾早已好整以暇等在关口了。

皇上看上去很生气，但面上却很平静："你跑什么？"

庸医："……你要杀我爹。"

皇上："那你让他跑就行了，你跑什么？"

庸医："……我觉得你可能连我一起杀。"

庸医的感觉很准确。

皇上让两人跪在面前，说："今天，你们俩只能活一个。"

"谁先说自己想活，谁就能活。另一个处死。"

然后，父亲颤抖着举起手。

"能让我活下去吗？"男人问。

皇上嗤笑。

庸医跪在那儿，看着尘土。他想，或许父亲有他的理由……父亲医术好……说不定我被杀了，他还能把我救回来……

孩子总能替父母找到很多开脱的理由。那么宠爱他的父亲，怎么会让他死。

庸医耳边又响起母亲最后凄厉的声音，眼泪忍不住落了下来。

——母亲往往是世上最好的那个。

两杯酒放在他们面前，庸医的那杯里面有毒。

皇上说："喝吧，喝完了就滚。"

他看父亲先喝了，自己也跟着喝。刚举杯，父亲突然把酒杯打落，扑到皇上跟前求情："我不想死，我也不想我儿子死——"

皇上静静看他满脸血泪地求饶，看了很久，忽然笑了，眼眶有些红："就为了一个这样的人，你不肯留在我身边？"

"对，就为了一个这样的人。哪怕对其他人来说十恶不赦，可是，这是自己的家人啊。"

"那我呢？"皇上问。

"你口口声声说，我也是你的家人啊！"

没有回答，也不知如何回答，庸医拿起地上的酒杯，将里面剩下的半杯毒酒喝了下去。

喝下去，貌似痛苦，等待很久，无事发生。

"没放毒。"他听见皇上说，"两杯都没毒。"

皇上怎么会杀他。

其实他清楚，自己留不住这个庸医了。

真是挺有意思的，自己最珍视的人，居然为了这个世上最一无是处的男人放弃一切。仅仅因为这个男人是他的父亲。

那就最后放过他们一次吧，那时候，庸医也为了这个世上一无是处的皇子放弃过一切啊。

这可能就是家人吧。

自己何其有幸，曾经短暂拥有过一个家。

就算是放过以前的自己，放过这两个人吧。

"滚。"孩子忍不住放声大笑，"滚，永远不要再回京城。"

庸医扶着父亲，叩首，离去。

自己不会再有家人了，不会再有珍视的人了……

七皇子的病，永远好了。

END

早恋
ZAOLIAN

001

陆先生和女友去日料店的时候，女友又和店员争执起来。她是个要强的女人，事事必追根究底。

家人给陆先生介绍了她，觉得他从小沉默寡言，不与人争是非，家里需要有个镇得住的女人。无论喜不喜欢，他们开始交往起来。这年陆先生三十二岁，事业有成，只等成家生子。

日料店的其他店员一起过来道歉，女友拍着桌子，让他们解释为何上菜慢。他照常坐在角落里沉默，这就像打仗，她杀向前方，他只想着城下之盟。

陆先生无聊时，抬眼扫过鞠躬道歉的店员。他的目光落在一个穿和服的女店员身上，她用穿睡袍的方式穿着员工的便宜和服，没有人在乎这种穿法对不对，却透露出一种怪异的廉价感。可她这样穿着，却偏偏能让人觉得，对，就这样穿吧。

陆先生开口："阿娉？"

陆先生没有认错，那是他的高中同学许娉。许娉怔了怔，涂着厚重粉底液的干燥的脸露出一个笑："班长！"

女友的怒火平息了，她像个女主人一样请许娉留在包间里，让两人叙旧。大家换了微信，陆先生结账离开了。

"她和你同岁？"女友还记得她，"那真是挺好看的。"

他点头："嗯，当年是班花。"

"你是不是也喜欢她？"

"所有男同学都喜欢她。"

陆先生给许娉发了条短信："这些年，你怎么样？"

许娉："就那样啦，退学后爸爸找了其他女人，我妈就找了个新的男人。他也不想养我们，我就出去打工啦。"

她说起话还像个小女孩，"啦"个不停。

陆先生："那就好。"

这场短暂的对话结束后，许娉把他拉黑了。

003

女友和他闲聊："哎，不是说你们那个高中是当地重点吗？学生出来全都北清交复毕业，怎么这个女的在当服务员？"

陆先生看着电视："她退学了。"

"为什么？"

"早恋。"

刀到病除

许娉退学的那一天，从教师办公室出来，和他擦肩而过。当年的陆先生低着头，不敢看她。她穿着校服梳着马尾辫，发亮的雪白脸庞上透着干净好看的笑容，

"班长，你怕什么？我等你长大。长大了，谁管得了我们谈恋爱？"

陆先生是个好学生，许娉起初也是，高一的时候还和他并列第一，后来爸爸债台高筑，每天回家拿妻女当出气筒。

有天放了学，陆先生在回家路上发现了蹲在便利店角落里通体淤青的许娉，他替她买了一瓶可乐。在这个小城市，十几年前，一瓶可乐对孩子来说是奢侈品。

然后，陆先生每周都给她买一瓶可乐。

有天许娉说，不能喝冰可乐。陆先生很慌张，以为她不喜欢可乐了。

许娉："我大姨妈来了。"

陆先生不明白，大姨妈来她家和不能喝可乐有什么关系。

许娉吃吃笑："月经。"

这个词一直只是生理课本上的两个字，女孩子听了会脸红低下头，男孩子则像未经教化的原始人一样冲着她们狂喜地吼着这两个字。

许娉很自然地把它说出来，说来月经不能吃冰的。于是陆先生将冰可乐焐在校服里，用体温把它焐热。

路过的班主任看到了这一幕。

双方的家长被叫到办公室，许娉的爸爸抽了她几耳光。

老师问："是谁起的头？"

陆先生低着头不说话。她仰着头，流血的嘴角倔强地冷笑。

陆先生是好学生。班主任用笔指指许娉："我看你心思根本没在读书上，是不是你勾引他？班长，你说，谁起的头？"

陆先生的双亲在后面拼命推他："说啊，你怎么和这种小姑娘混到一起了？这种小姑娘小小年纪就会勾引男人了呀？"

"我再问一遍，是不是许娉勾引你的？"

陆先生终于点了点头。

许娉的爸爸暴怒，拽着她的马尾辫把她摁在地上，用脚跺着她的头："不要脸，下贱东西！下贱东西！"

不久，许娉就退学了。

日料店后的第二次见面，是在公司应酬的 KTV 里。有人要叫陪唱，说这里有个姑娘，和那些年轻小姐不一样，唱得是真带劲。

门开了，进来的是浓妆的许娉，盘着头发，穿着银色的超短裙。她不年轻了，踩着高跟鞋的脚踝有着干练的皱褶。

陆先生的心口突然凉了下去，像是冰，一瓶冰可乐，这么多年没有离开过他的胸口。

他一时不知道许娉穿着的是廉价超短裙，还是日料店的员工和服，还是穿着校服。

"白天在日料店工作,"靠在KTV外面的楼梯上,她吐出一口烟,"晚上在这边陪唱。"

陆先生:"你爸妈呢?"

许婳:"你问我继父?"

陆先生:"嗯,他不是帮你们家还债了吗?"

许婳:"还了债。我那时候退学在家,他就睡了我。"

陆先生瞪大了眼睛,烟灰落到手背上,剧痛姗姗来迟。

许婳耸耸肩,笑得云淡风轻:"他说我不给他睡,就要我妈还钱。"

陆先生:"你妈知道这件事吗?!"

许婳还是笑:"X你妈,你那么激动干什么?我是你女朋友吗?我妈早知道。"

"那为什么不报警?"

"她帮他捂着我的嘴,"她抓住他的手,放在自己嘴上,"就这样,她坐在我头顶压着我的嘴,他骑在我身上。"

许婳后来怀孕了,自己去打了胎,地下黑诊所,结果大出血。醒来后,爸妈都不见了。

他们也许以为这个女孩子必死无疑,索性不要她了,就此搬去了另一个城市。

"那现在呢?"陆先生手心全是汗。

"我妈去年找回来了,不过我继父死了,好像是心脏病。我妈同样一身的病,要我赡养她。"

许婳起先把她关在门外睡楼道,所有人都在骂女儿是畜生。

后来妈妈告到法院，法院判她必须赡养。许娉没钱。

她自己也一身的病，她妈也一身的病，这个家就好像一个药罐子，女儿穿梭内外，在各个地方打工。

有过男朋友，后来他打她，两人分了手。没孩子，当时流产，之后就没法再怀了。

陆先生梦里，许娉穿着校服，扎着马尾，拉着他笑着跑过学校外墙，那面墙被常春藤爬满了。

他心口乍然一寒，惊醒。女友的床头柜放着一瓶可乐，他感到恶心。

如果那时候自己没点头，她会怎么样？

他拿起手机，给许娉发了条消息：我可以给你十万，你不用还。

不久，许娉回了消息：为什么？

陆先生：我对不起你。

许娉：这个世界都对不起我。

陆先生呆呆盯着那行字，没有注意到女友醒了。她夺下手机："我们需要谈一下。"

006

谈话地点是许娉约的。她约在两人曾经的学校。

校舍已经荒废了，陆先生和女友一步一步走向昔日的办公室，他的心口越来越冷。

许娉就站在里面，打扮体面，光彩照人。

陆先生难得决定先发制人："其实我以前喜欢过她……"

女友："那是以前。你们谁起的头？"

陆先生不说话。

女友指着许婳："你勾引他？你要不要脸？"

许婳低头莞尔："你让他说。"

女友推他："说啊！是不是她勾引你的？你别忘了，是我爸提拔你，你才有今天的！你不是那种忘恩负义的人！是不是她勾引你！"

陆先生最后点了点头，心口和冰一样，那瓶可乐在滴血。

陆先生和她最后一次见面，是在一所成人夜校门口。

许婳抱着书，低头走出来，一身疲惫。他刚下班，准备赶去机场旁的酒店，赶明天清晨的航班出差。

"你在读书？"

"读到今天为止啦！"

"为什么不读下去？你以前也是班里的前几名。"

"没钱交学费啦。"

她笑着，不舍地看着那些书，最后把它们统统扔进垃圾桶。

然后她抱住他："我以前说，我等你，等我们都长大了，我们就随心所欲，没人再能管得了我们。"

许婳："我一直都在等你的。"

陆先生沉默着，最后说："有些男人，一辈子都长不大的。"

她抬头，神色有一刹那的呆滞，却笑了，问："那你想和我过一夜吗？一夜就好。"

陆先生的心口暖了起来，那瓶焐在校服里的冰可乐开始暖了。他紧紧抱住许婳，她身上有一股说不上来的气息，像校园里的常春藤。

尾声

后来，他们就真的没再见过。

陆先生没再和她见面，他要结婚了。

不过有一天晚上，他收到了一条来自许娉的短信：我知道你要结婚了，我有结婚礼物给你，就放在旧校舍的办公室里。

第二天，一桩案子在市内引起了小小的轰动，一名女性掐死了长年卧病在床的母亲，然后打开煤气自杀。

许娉的死很快就过去，连同学群里都没人提起，陆先生也没有再提。不过在结婚前，他还是决定到废弃校舍看看，她到底给他准备了什么结婚礼物。

他独自前去，惊跑了几只野猫，踏进了逐渐腐朽的校舍。

那间办公室里，自己曾经承认她勾引自己，许娉的爸爸曾经用脚踩她的头，她曾经在这里退学。

现在，那里的地上只放着一只千纸鹤。

陆先生盘腿坐下，有些不明所以。他慢慢将纸鹤展开，那是一张质感奇怪的纸。

他打开手机照明，看清了它的内容。

患者：许娉	年龄：32	性别：女	诊断结果
诊断结果：HIV 抗体阳性			

END

PART
TWO

字字含糖

"你还有什么花言巧语做遗言，就对我的剑说吧。"盟主举剑抵在教主喉头。

那人看了他半天，最后一言不发，低头亲了亲喉前的剑。

——玻璃渣糖创始者
@扶他柠檬茶

好死
HAOSI

001

张馨躺在病床上，第五次翻了白眼。

旁边一直发出痛叫的病人一边喊一边道歉："对不起，对不起！我实在是很痛……"

002

张馨快要死了，从十八岁开始确诊血癌，家里拼命想保住这个孩子，让他苟延残喘到了二十二岁。每次抢救回来，张馨都想，应该不会死了吧？那就努力活下去。

于是顺便在病床上考进了大学，顺便拿了奖学金，顺便提前毕业，甚至还顺利拿到了保研名额……

然后前天他偷听医生和父母的谈话，知道自己快要死了。

要死就让我一个人安静地去死好吗！塞这样一个废物在我旁边是什么意思？

他狠狠瞪了旁边因为骨折就哀号不止的袁故："闭嘴！"

003

袁故呢，也是快要死了。或者说，他觉得自己快要死了。

他想自杀，想了很久。

父母辞世，女友劈腿，自己废物一个，在公司当个小白领，入职三年，还在每天被同事和老板欺负，成了窗边族——办公室里被边缘化的人。

快三十岁的人，存款没超过十万。

那天被老板逼着加完班，晚上十二点才回家休息。袁故浑浑噩噩地走到楼顶，心想：要不然，就这样去死吧。

他想过很多次自杀，但都没有胆量。结果那天刚下了雨，他靠在楼顶脚一滑，整个人摔了下去。

从八楼摔下去，"噼里啪啦"撞断了五六个雨棚，奇迹般的只有小腿骨折。

"我……我就这样进医院了……"袁故的声音很轻，像是蚊子叫。这人长得并不算面目可憎，就是平凡的青年长相，带着厚重的眼镜显得十分老实可怜。

张馨面无表情："我觉得你活着就是浪费空气，可以请你向空气道歉吗？"

袁故被年轻人怼得眼眶一红，哭了："对不起！"

因为医院病床紧张，这两个本来压根碰不到面的人被调剂到了一间病房。张馨的父母还以为旁边一床的男人也是重病，将心比心地坐在儿子床边偷偷抹眼泪，还要强颜欢笑："小馨，张医生说你指标好了很多，说不定能申请回家过年了呢。"

明天就是除夕夜了。

父母相依着回了家。

袁故问："你那么重的病，他们不在病房陪你吗？"

张馨的语气轻描淡写："我要死了，爸妈回去是为了给我收拾'衣服'。"

袁故看他平静的样子，心里一凉："那个……那个……"

这时候，窗外突然有亮光一闪而过。他连忙岔开话题："你看！流星！许个愿吧！"

张馨懒懒地看了眼流星，疲惫地合上了双眼。

"……脚……好冷啊。"

黎明前浅灰色的天光从帘子后面透出来，张馨觉得脚很不舒服，想把它裹进被子里。

"……动不了？"

他茫然地睁开眼——自己的脚打着石膏，绷带把它悬在一个架子上……

"脚骨折了？……不，不，不对！"

张馨猛地转过头，他看到了"自己"，一个浑身插满管子、瘦

PART·TWO

削得几乎要死去的自己，睡在旁边的病床上。而他，睡在了袁故的病床上！

005

他轻松地抬起双手，轻松地呼吸，身上常年折磨着精神的剧痛一扫而空，除了脚有些刺痛之外，这是一具健康的身体。

就在这时，旁边的"张馨"醒了。这人显然很慌张："呃……好痛……咳咳咳……胸口好痛！没法呼吸了！……对不起，对不起，小张，没吵醒你……吧？"

快要死却不想死的张馨，和想死却死不掉的袁故，互换了身体。

和几乎崩溃的袁故相比，年轻人淡定得好像老僧入定："你不是得偿所愿了吗？"

袁故："我确实想死，可是这个死法太痛苦了……不行，我浑身都在痛……"

张馨："忍一忍，很快就习惯了，我都忍了四年了。"

说不开心是假的，他甚至担心这是一场梦，迫不及待地解开了固定的绷带，单脚往外跳。袁故在他身后大喊："小张！你别走啊！小张！"

张馨："我就算不走，留在这里也没法把身体变回来的。你好好扮演我，好好去死吧。"

——就好像买了个奢侈品，结果发现老板忘记找自己收钱一样，张馨能走多快就走多快，怕袁故把身体抢回去。

他路过一面镜子的时候，看到自己的锁骨上方有一串数字。

5—18—25—12

下一秒，12变成了11，又变成了10。

这好像是个倒计时。这串数字，他和袁故的身上都有，但是其他人看不到。

006

在外面逛了一圈，张磬冷静下来，回到了病房。袁故两眼无神地躺在床上，好像一条死鱼。

"喂。"他推推"自己"，"事情都到这一步了，沮丧也没用的。还是说，你不想死？"

袁故："我不想……不，我还想死，好像我活着确实没啥用……骨折了，上班都不能上……"

要不是因为怕一巴掌把"自己"的头打飞，张磬真的想揍他："你还在上班？我还背着氧气瓶去考过研呢！公司地址和工作内容告诉我！"

于是，袁故躺在病床上，代替张磬走人生最后的一站，张磬代替他去上班。

架着拐杖进公司的时候，所有同事都很惊愕地看过来，以为这人早辞职了。主管过来："袁故啊，你这样晚上能值班吗？"

张磬："我是不是已经连续值了一个星期晚上的班了？"

主管："那你看看，同事里要么有家庭，要么年纪太轻刚进公司，你不是答应牺牲一下自己吗？"

张馨："那要么按照劳动法补齐我的加班工资，要么我们仲裁法庭见。"

主管："你也进社会好多年了，怎么和个应届生一样？"

张馨："要么你安排其他人轮着值班加班，大家大路朝天，各走一边。"

反正是袁故的工作，不折腾白不折腾。

007

隔壁的同事让他帮忙买午饭。张馨指指腿。

同事笑着："哎哟！受伤了才要多多走动啊，复健嘛。"

张馨："那么智障也才要动动脑子啊，复健嘛。"

同事尴尬又狐疑地扫了他几眼，自己下楼去买了。张馨叫住他："我腿不方便，帮我带一份。"

本来谁都能踩一脚的袁故，突然变得极其强势，而且业绩逆袭，甚至还主动提了个新方案，让老板两眼一亮。

张馨躺在病床上病得快死了都能考到一类奖学金，当时老师都说："哎，你要是没重病恐怕就能上天。"

他回医院看袁故，这人苦不堪言，已经不想死了。

袁故："你什么时候能把身子还给我？我什么都给你！"

张馨："我也不知道啊。哦，对了！帮你争取了升职、加薪了，下周一还要上台讲企划，有点忙，回去要做个PPT。"

袁故："你个死孩子就不能好好地假扮我吗？还有，那个倒计时……我觉得好慌啊……"

就在这时，张謦的爸妈来了。

废物袁故假扮张謦可谓毫无难度，不管喊痛还是胡言乱语都没人起疑，爸妈只会更加心疼。

008

那个倒计时越来越短了。现在是 2—10—02—21

它代表的是天数，还有两天多。可是，如果倒计时到底了，会发生什么？

张謦的心态很镇定。这个年轻人虽然只有二十二岁，但是经历了四年痛苦的血癌生活，不管面对任何事都能波澜不惊。哪怕倒计时在走，他还是带着自己的PPT上台，进行了一场完美的演讲。

如果这个企划通过并且完成，袁故在这个公司的前途将不可限量。

老板在会后拍了拍他的背："小袁，今天下班留一下。总公司的大 leader 来中国分部视察，我之前和他说了这个企划案，他对你很感兴趣。"

袁故进公司三年都没打听清楚的事儿，张謦两天全都打听清楚了。这是一家海外企业的中国分部，顶头上司是个美国人，虽然是中美混血，叫杰森。

今天晚上，老板会好好招待这位顶头上司，也带上了大器晚成的"袁故"。

高档餐厅里，一个俊美得好像欧美系模特的男人坐在主座，看起来性格开朗。酒过三巡，商业精英们都脱了西装和领带，互相敬酒。张磬也跟着老板走向杰森，男人看他还穿得整整齐齐，问道："你不热吗？"

张磬笑笑，配合其他人的状态，也拉开了衬衫的领子，露出了锁骨上的倒计时。他本来毫不担心，因为，这个倒计时只有他和袁故看得到。

但是，杰森注视着那里，露出了惊愕的表情。

009

张磬回了袁故的家，还没好的腿仍在发麻。忽然，门铃响了。

杰森站在门外。

如果换个情景，总裁半夜敲开打工小妹的门，恐怕是很浪漫的情景。但是张磬知道，他发现了什么。

"你只剩下两天了。"杰森说，"你没有解决'自己'？"

张磬："我不明白。"

杰森拉开了衣领，他的锁骨上也有一个倒计时，但是，时间很长，有将近五十年。

杰森："我们都有一样的经历。你并不叫袁故吧？是什么病？"

张磬："……血癌末期。我叫张磬。"

杰森："我叫里欧，当时得的是肺癌。"

和杰森更换身体的时候，里欧已经八十多岁了。他坐拥一个财团，给了杰森的公司资金支持。他重病时，杰森过来探望。医院突然停电，然后，他们互换了身体。

不过，那时候的老人已经没有什么言语能力。哪怕意识到换了身体，杰森也没法告诉周围人。他只能用眼神告诉里欧，他很痛苦。

于是，里欧趁病房没有人，用枕头结果了"自己"。

里欧："然后，我的倒计时就变了，变成了五十年。我怀疑，只有杀了杰森，他的寿命才能真正转移到我的身上。"

张馨坐在厨房的案台上听他说，跟着点头："好无奈的杀人，我就暂时不怀疑你只是杀人灭口了。但是你就是想告诉我，如果不杀了病床上的那个我，两天后，我就会死？"

里欧："你们都会死。你现在锁骨上的倒计时，代表病床上那个你剩下的生命。"

010

也就是说，两天后，"张馨"就应该死于血癌了。

张馨回了病房，看着在床上形容憔悴的"自己"，袁故呼吸艰难："我是不是要死了……"

张馨："好消息，还有两天，你就要死了。"

床边放了很多书，都是天文相关的。袁故在病床上躺着无聊，就托张馨的爸妈给自己带了几本天文学的书。都是观测报告，很枯燥。

袁故："我觉得挺有意思的啊。小时候就想学天文，大人们说会饿死，我就去学了机械设计。"

他天文知识不错，这两天闲着没事干，去推测那颗流星的来源和名字。浩瀚的宇宙中有一颗星星死了，他都要关心。

袁故："我大概真的要死了罢……都开始想下辈子的事情了，下辈子我要搞天文，活着那么累，要做点自己喜欢的事……"

张馨："哦。"

张馨拿起枕头闷在他脸上，顿时，病床上那个人双脚乱蹬。

张馨给里欧发了条短信。

011

里欧还会在中国停留一天，处理分公司的事情。

当天下了班，他私下约张馨过去，到江边的一家酒吧见面。张馨提前到了，坐着等他。

张馨："我查了一下你……我是说里欧之前的事迹，你开创了一个商业帝国家族。你死后……"

里欧："我的儿子会把公司打理得很好，不用我担心。"

张馨："所以，杰森他家族的公司也会渐渐被你的家族吞并吧？"

面目年轻的老人只是笑了笑，觉得年轻人较真的样子太有趣了："这家公司，也不是你原本的公司。"

张馨："我原来的身体只有二十二岁。"

里欧："了不起。"

张馨说："你知道在血癌里挣扎了四年，我练就了一种什么技能吗？"

里欧："忍痛？"

张馨点头："这只是其中的一件。"

"——第二个技能，就是辨别谎言。"

父母、医生、护士，这些人都带着善意和同情，用谎言包裹着他。

善意的谎言，往往比恶意的谎言更容易引起人的警惕。他可以从周围人眼神的微妙看出，自己的化验指标是不是又恶化了。

里欧："你怀疑我骗了你？"

张馨："你八十多岁了，太老了，你已经忘记该怎么骗一个年轻人了，你的谎言实在太敷衍了——比如，你为什么要告诉我，怎么取得袁故本身的寿命？"

他拉开衣领，倒计时上，只剩下最后的几个小时。

里欧："……你没有杀他。"

张馨："杀他，什么时候都可以。我只是想确认一件事情——你的目的。"

017

里欧如果只杀过一次"杰森"，他如何确定那么多细节？

他或许曾经做过实验，找到其他几对互换了身体的人，然后，让一个人杀死另一个人。

实验的目的呢？

"我是不是可以假设，在杀死和你互换身体的人之后，他原本的时间会转移到你的身上。而杀死其他身上带有倒计时的人，他的时间，也会转移到你的身上？"

酒吧很安静，里欧包下了全场，这里没有服务员，没有老板，没有其他顾客。

从踏进这里的那一刻起，张馨就准备着接受他的杀人灭口。

里欧："那又怎么样？你觉得，你能逃出去？"

张馨："你调查过真正的袁故学的是什么吗？"

里欧向他走来："不要再拖延时间了。"

张馨："机械设计。中国的家长有句唠叨：学好数理化，走遍天下都不怕。你的脚底有个钉子。"

里欧站住了。他看向地上，昏暗的酒吧里，地上有几条金属线。

张馨："你的时间，我们就收下了。"

通电时的微响，被江涛声盖过。

013

就在袁故以为自己要被闷死的时候，张馨拿开了枕头。

张馨："什么嘛，还是想活下去的啊。"

袁故捂着嘴，忍不住哭了："我想活下去，但是我这种废材，活下去有什么意义……"

张馨："还是有意义的。我要你教我做一个陷阱，能不能让一个人走到我面前的时候被电死？"

袁故："你想电死我吗？！你还不如闷死我——"

张馨："别哭了！这个人死了，说不定我们俩都能活下来！"

袁故冷静了些，深吸了口气："好吧，他要赤脚……"

张馨："他肯定穿皮鞋。"

袁故："那一个钉子就能解决了。让他的鞋底踩一个钉子，然后……"

把杰森的尸体推入江中，他看了眼自己锁骨上的倒计时。

变成五十年了。

"喂,我这边完事了。"他离开酒吧,打车去医院,"你那边呢？"

"五十多年了！啊……你爸妈来了……"

今天,张馨的主治医师很疑惑,重新确认一次数值没做错——病人的身体,似乎有了转机。

之前,他们都觉得这个孩子活不过新年。但是现在,如果尽快找到匹配的捐献人,也许有一线生机。

张馨去看袁故,看着自己的父母喜极而泣,抱着孩子亲吻。然后他们和医生去门外,谈论新的治疗方案。

袁故叹了口气："要这样痛苦地活五十多年……"

张馨："……我和你说个秘密。其实那天看到流星,我许愿了。"

他想活下去。

袁故用手捂头："你这死孩子——哎哟哎哟,做穿刺的地方好痛……算了！我查了查资料,相同星轨上每年都会来一颗流星,明年除夕夜,我就许愿和你换回去！"

明年？

张馨突然想起什么,打开手机,搜索了里欧的资料。资料上,有他的出生和死亡年月日。

他死的日期,和他们见到流星的日子,是同一天。

或许当有星球沿着那条星轨陨落时,会给地球带来特殊的影响。

"也就是说,一年后,我就能变回去了？"袁故差点乐得跳

字字含糖

起来。

张謦："少得意，第二年我就再变回来。"

就在这时，病房的门开了——医生和家属小心翼翼地进来。

张謦的母亲双合十："袁先生……你好……谢谢你常来看我家小謦……"

张謦连忙站起来："妈……不是，小謦妈妈，大家曾经是病友，这都是应该的。"

母亲眼眶红着，深吸了一口气："就是，您曾经在去年给血库留过匹配样本……"

袁故提醒他："想起来了，献血日，公司组织的。"

张謦点点头。

然后，他的母亲突然跪了下来："您和我儿子是匹配的，可不可以求你救救他——"

张謦和袁故对视一眼。病床上的袁故耸耸肩："可以啊，好死不如赖活着嘛。"

张謦："那你的身体，我就不客气了。"

END

女贼
NVZEI

001

小偷阿云在初中的时候，同班有个男同学的钱包丢了。

这同学家里很有钱，钱包里大概有近三千元现金，对初中生来说，已经是一笔巨款了。

那年阿云还没成为一个女贼，就是个普通的女学生，人瘦瘦黑黑，头发毛毛糙糙，和个男孩子一样随便。

班主任在讲台上对孩子们晓之以理，希望偷东西的人自己把它交出来。一直到放学都没人承认，老师发火了，关上教室门，如果找不到人就不许孩子们回家。

老师要所有人把背包和桌肚里的东西全部掏出来。学生们一个个照做，最后，老师来到了阿云面前。

阿云不以为然，反正她没偷。她把东西一件件拿出来放在桌上，最后，一个陌生的牛皮钱包出现在她的桌肚里。

她不知道钱包是怎么出现在自己课桌里的，里面的钱不见了。

女孩被带去校长室，家长也匆忙赶来，单亲家庭，一个绝望的妈妈，劈头盖脸先打了她一顿。阿云只能哭喊："我没偷！我没偷！"

她不知道那些钱在哪儿，最后为了息事宁人，阿云的妈妈赔给那个男同学三千块。

从那之后，阿云的一生彻底脱轨。

每个人都说她手脚不干净，她是个倔强的人，拼命解释，解释到哭，甚至和人打架……

后来她想，既然人人都说我偷了，那我就真偷吧。

她想，你们逼我的。

起初是课本和小说，她从同学那儿偷来，带去厕所撕得稀烂用水冲走。后来是女孩子的发卡，最后是钱包。她偷完就扔，让人找不到把柄。

班里丢东西的人越来越多，人们的怀疑越来越重，后来，阿云转学了。

阿云的妈妈在她高中时因车祸去世，她辍学，从此开始成为一个女贼。

被抓过，被打过，偷东西成了她的执念。她所有的钱都靠偷。

女贼

有天她在公交车上"工作"，瞄准了一个愣头青。一个年轻的西装男，拎着个公文包，长相俊秀，有些熟悉有些呆。阿云不费吹灰之力就把他的钱包和一个首饰盒偷到手，数了数钱，三千块。

阿云的眉头皱了皱，她不喜欢这个数字。

再看证件，有身份证和银行卡。阿云的师父讲究盗亦有道，仍守着江湖规矩，老弱病残不偷，穷苦人家不偷，不伤人性命，只拿现金，不毁证件。

她瞄了一眼身份证。那个名字却眼熟。

是当年被偷钱包的那个男同学，顾少爷。

字字含糖

004

顾少爷也是因为一大堆的机缘巧合，才会从玛莎拉蒂改为坐公交车。

他正要赶去家里的公司开会，路上被偷了钱包。

钱不重要，但和钱包一起被偷的还有一枚订婚戒指。他今晚会依照父亲的要求，向集团重要合作公司的老板的女儿求婚。

之前就见过一次面，没感情，纯粹的商业联姻。既然是父亲的要求，他听话就行。

但是这枚订婚戒指是顾家祖传的翡翠戒指，丢了恐怕不太好。

就在顾少爷一个人在办公室里苦恼的时候，秘书告诉他，楼下有位云小姐找他，自称是他的初中同学。

秘书的语气是带着迟疑的，毕竟这位云小姐，看起来实在是难登大雅之堂。

顾少爷是个温柔的好人，哪怕记得阿云偷钱包的事，依然让秘书请人上来。两人见了面，变化都不大。仍是少年时候的腼腆安静，仍是少女时候的随意。

阿云编了个故事：她在公交车上看到有人偷东西，这人拿了钱，把其他东西扔在了车上。于是她善良地决定找到失主，却发现身份证和名片上的人是他。

她还交还了那枚订婚戒指。

005

没有任何芥蒂，顾少爷很感激她，邀请老同学来参加今夜的订婚典礼。

顾少爷："你现在住哪儿？我让司机五点来接你。"

阿云从善如流，事情比她预想的顺利。五点，司机接她前往会场。阿云才发现自己和这里画风不一样，所有人都穿晚礼服，就她是衬衫牛仔裤，好像个叫花子。

顾少爷西装笔挺，在那边应付往来宾客。他见到了门口尴尬的阿云。

然后他暂时离开了应酬，走到她身边："没事，我马上陪你去买衣服。"

她呆住了："这边不用管吗？"

顾少爷苦笑，其实他也想摆脱这里，喘一口气。

他们开车到附近的服装店。顾少爷让她随便挑，他买单。

阿云在华服中穿行，手有点痒，忍不住偷了一条柠檬黄的晚礼服。服务员找不到她，找到了顾少爷。

"刚才那位客人是不是您的女伴？她好像偷了裙子！"

顾少爷呆住了，连忙先赔付了礼服的钱。

但是服务员必须根据流程报警。

阿云躲在不远处的角落，看他慌张的样子，心里简直爽爆了。

然后，顾少爷和服务员回了店里，过了十分钟，他安然出来了。

阿云蒙了，以至于忘了躲，被他发现了。

不过顾少爷没有生气，只是微笑说："你怎么忘记付钱就出来了？没事，我把这家店买下来了。"

006

他们买完了全套的礼服，回会场的路上，阿云问："你女朋友漂不漂亮啊？"

顾少爷摇头："她不是我女朋友，是未婚妻。"

阿云不明白："你们不恋爱吗？"

联姻没有恋爱这个环节。她觉得太恐怖了，和一个自己没感觉的人过接下来的六十多年。

他叹气，没说什么。其实他很清楚，自己的性格不适合继承家业。

订婚仪式上，他拿着戒指盒走向未婚妻。两人都带着相敬如宾的微笑。他在她面前单膝下跪，打开了盒子。

全场都静默了。

——因为盒子里的戒指不见了。

仪式被紧急喊停，谁都不知道戒指去了哪儿。

两家吵吵嚷嚷了好几天，顾少爷头疼，索性约阿云出去逛街。

和她在一起的时候，他才能松一口气。

结果阿云联系不上，警察联系了他，说她去珠宝店销赃，请他过去认领赃物。

阿云想把那个戒指卖了，顾家早就备了案。顾少爷赶到珠宝店处理这件事，这枚翡翠戒指估价三十多万，可以判刑了。

警察问："她偷的是你家的戒指？"

阿云在旁边低着头一言不发。顾少爷拿着戒指，说："戒指是我家的，不过不是她偷的。"

他说："是我送给她的。"

他把戒指给了她，警察解开了手铐，他带着阿云走了。

007

阿云呆呆地摸着那枚戒指："你送给我了？"

顾少爷点头。没了那枚戒指，他轻松多了。

"送给你了，就当是让你陪我散心的谢礼。"

阿云带着他，穿梭在城市的大街小巷，那些地方他从未去过，人们可以大声谈笑、烂醉、骂脏话，穿得多随便都可以。顾少爷也开始大声笑，和她在小摊子上吃烧烤吃得手上嘴上油腻腻的。

阿云喝得有点醉，拽着他说："我没偷，我没偷……"

顾少爷揉着她的头："好，你没偷。以后你在前面拿，我在后面给你买。"

订婚典礼改成了下个月。

顾少爷和阿云躺在老房子的屋顶，聊着过去的事情。他说："你记得刘老师吗？"

阿云记得，就是当年的班主任。

刘老师得了肺癌，晚期了，顾少爷是个重感情的好人，想组织大家最后去看看他。

"去吧。"顾少爷摸摸她的头，"最后告诉他一次，你没偷。"

医院病房里弥漫着消毒水的味道。一个形容枯槁的男人躺在床上，身边围着以前的学生。当顾少爷带着阿云走到他的床边时，他的双眼一下子睁大了。

阿云居高临下，只是冷冷地说："我就是来告诉你，当年我没偷他的钱包。"

泪水从病人的眼中流出，老师点点头："我知道。"

尾声

仪式上，他当着所有人的面道歉。他终究没法和一个陌生人共度一生，哪怕这段联姻能带来无数的财富。

未婚妻苦笑："你就像个孩子。"

顾少爷："那能给我一个做孩子的机会吗？"

未婚妻耸耸肩："无所谓，给你机会，也等于给我机会了。"

每个人都想有机会和心爱的人喜结连理。

从会场离开时，阿云等在外面。

她交给顾少爷一个信封，里面有一枚翡翠戒指。

"今后不准备再偷了，我会去新的城市，开始新的生活。"她说，"祝我一路顺风。"

顾少爷沉默片刻，摇了摇头。

他说："你还是偷了。"

她说："我真的不打算再偷了。"

"但是，你把我从订婚仪式上偷出来了。"他拿起戒指，替她戴上，"你看，铁证如山。"

女贼

前辈
QIANBEI

001

小林就是个普通的女孩子，普通大学毕业，普通的专业，普通的长相，可能笑起来稍微甜一点。

小林大学毕业进了这家公司，普通的文员。带她的前辈姓徐。徐前辈，大概三十七八岁，看上去老，活得像个四十多岁的人，人长得还不错，但就是一脸凶相。

这家公司男多女少，难得来了个女员工，所有男人的感官都在超速运转。有人扒着徐前辈的肩："老徐，近水楼台啊！"

徐前辈推开那个人："滚。"

002

徐前辈是个办事能力很强的人，也不搞什么歪门邪道的。小林既然是他带的实习生，他也不带她走什么歪门邪道，该见的领导见一次，回工位干活。小林想给他送礼，他瞥了一眼："就你这点破烂，自己拿回家喝吧。"

小林把白酒礼盒收回去，有点委屈。

姑娘刚进社会，冒冒失失的，动不动就说错话。徐前辈用手指敲敲她的头顶，把人领回去，再去给别人赔不是。

小林捂着头："前辈，这些话为什么不能说呀？"

徐前辈："在学校里能说，在社会上就是不能说。"

徐前辈年纪分明还不算很大，但有种枯藤老树昏鸦的感觉，超凶。小林有几次做错事都不敢告诉他，想自己把事情解决，结果娄子越捅越大，半夜打电话给前辈。

小林哭着："前辈，怎么办怎么办……"

徐前辈都在家里睡下了，红着眼眶杀回公司，替她把娄子平了。

于是就有人说，老徐和新来的小林搞起来了，半夜在公司偷会，说得有声有色的。小林拼命解释，结果是越描越黑。

003

小林实习期一个月，临近期满的时候，上级的经理找到她，嘘寒问暖了一通，然后约小林晚上出去"谈谈心"。

徐前辈说："不许去。"

经理给她发消息：我正在审核你的实习成绩表，你不来面谈，我很为难的。

小林左右为难，为了转正，好像必须去。

去就去吧。下了班，徐前辈西装一脱，和她一起去。经理没想到老徐也来了，顿时怵了，顾左右而言他说了一大堆。

回去的路上，徐前辈和她说："你还小，你应付不了这些人，再有人拉你去，你就告诉我。"

小林摸着胸口，还有些后怕："前辈，社会上都是这样的人呀？"

徐前辈翻了个白眼："不一定都是这种吃人饭不拉人屎的东西。"

有女员工说小林傻，整天跟着那个木头脑袋老徐，不去跟经理。经理是老板的亲侄子，小林那天晚上把人得罪了，转正的工资待遇就是比别人差一截。

"这社会规则就是这样的。"有个大妈一本正经教她，"不漂亮的那些，经理还看不上呢。"

小林想，差一些就差一些吧，还是跟着徐前辈比较安心。

004

经理早就看老徐不顺眼了。这人工作做得好，本来都可以升到总经理了，但就是不肯在几个高管之间站队，搞得跟光杆司令似的。又因为工作好，不搞事情，几个高管都不去动他。

经理发配老徐带着小林去外地谈业务，说白了就是陪酒。

小林可以喝啤酒，还天真地以为就是喝两罐生啤，结果坐到酒桌上，一堆老男人看到个小姑娘，眼睛都冒光了，都举着白酒杯过来灌她的酒。

她都准备喝了，徐前辈过来替她把酒挡了，一个人喝了一桌，醉得趴在椅子上。还有人不死心想劝她喝："女员工必须喝的，这是规矩。"

小林正拿着酒杯要喝，桌子底下伸来一只手把杯子接了，一口喝干。

小林扶着徐前辈去洗手间吐酒，一起进了男厕，吓得两个男客人捂着裤裆。她连男孩子手都没拉过，为了前辈，干脆连男厕所都闯了。

徐前辈吐得昏天黑地，吐到一半，来了个酒店的男员工："哎哎哎！这是男厕所，女性能出去吗？"

小林拍着前辈的背，怒气冲冲地怼了回去："关你屁事！"

005

经理带他们回到住的商务宾馆，小林本来想把前辈扶回他那一屋，但是扶不动了，就近开了自己的房门，让前辈先待在她那边的沙发上。

没过多久，门响了。小林开了门，经理从外面冲进来，一把把她抱住。

小林吓得人都僵了，眼看要出事，突然"砰"的一声，经理倒在床上，徐前辈手里拿着宾馆的碎花瓶，眼睛还是血红的。

经理头破血流，捂着头摇摇晃晃地逃开："你完了！我告诉你，你完了！"

据说经理打算报警，说徐前辈蓄意伤人。

小林想，这怎么可能？这人就一点不心虚？

他确实不心虚。一群同事围着小林，告诉她，这时候你可不能帮老徐了，你说经理想强暴你，有什么人证物证啊？裤子都没脱。老徐可是把人打出血了，外面的服务员，地上的花瓶，证据都在的。

小林："那徐前辈怎么办？"

同事说："你就什么都别说。你怕什么？经理干掉老徐，他还敢对你干什么？老板反而会小心翼翼对你，说不定还会给你封口费什么的。"

警察来了，把徐前辈带走了。众人都帮老板看着小林，小林的爸妈也打来电话，警告女儿千万别去帮那个小领导，要去帮大领导。这就是社会上的规则。

小林想，好像徐前辈在，她根本不用遵守这种所谓的规则。哪怕所有人都说她傻，徐前辈也觉得，不遵守就不遵守吧。不用陪经理睡觉，不用到处送礼求安生，不用被灌酒……

因为徐前辈这个保护伞不在了，所以这些人一个个开始摁着她，要她遵守社会的规则。

小林找到警察，把所有事情都说了。

字字含糖

006

这件事情，最后不了了之。

前辈被放回来了，经理也没被追究。这群人仍然活在他们喜爱的规则里，不必心虚。

公司里也到处有流言，说小林这个姑娘看着乖，其实不是省油的灯，睡了老徐，勾引经理，搞得两个男人为了她打得头破血流。

最后经理不要她这个破鞋，于是她反咬一口，说经理想强暴她……

小林在这家公司待不下去，想去其他地方投简历，经理又早就在行业内放话，说这个女员工不安分。

回老家还是转行？反正不想继续待在公司里了，她递交了辞呈。

恰好，徐前辈也来公司，同一天辞了职。

工作这些年，徐前辈有些积蓄，又因为做人厚道，朋友也不少。因为打人的事情，他不可能继续待在行业内了。

徐前辈其实一直想自己开一家小餐饮店，不用再看那些恶心事。

开店是自负盈亏的，可能成了，也可能赔得血本无归。

小林没犹豫，决定跟他走。她的父母经营一家小小的汤粉铺，她从小就在店里帮忙。她其实很想开一家夫妻店，但就是觉得，可能现在的男孩子都不太愿意只守着一家小餐饮店。

徐前辈："你说什么店？"

小林说夫妻店，说完发现不对，捂着嘴，脸通红。徐前辈又翻了个白眼："你到底在想什么啊？！"

这家店摇摇晃晃开了起来，起初很累，但是也一起扛过来了。

后来它就真的变成了一家夫妻店。

END

前辈

天才
TIANCAI

001

特种兵接到了一个护卫任务，给一个天才科学家当保镖，从比利时保护他安全回国。

兵哥拿着信息到酒店，房间里有一个奇怪的东西：穿着生化防护服、戴着防毒面具，盘腿坐在床上打电脑。

这货就是那个现象级国宝的少年天才——张博士。加那么多前缀就好像加满了 buff，听起来就很牛。

张博士头也不抬一下，继续敲键盘。兵哥想再走近一步，天才冲他摊开手，声音在防毒面具后面闷闷的："你就待在那儿。"

"好，老板说啥就是啥。"兵哥站住了。

博士："身份证和护照。"

兵哥把自己的身份证护照丢过去。

博士："军官证。"

兵哥再把军官证丢过去。

博士："健康证。"

兵哥："……"

"正常人谁会随身带健康证啊？！"

博士很无情："那你就不许近我三米之内。拿了再回来。"

"……好，天大地大，老板最大。"

兵哥转头出去，让国内的同事帮忙复印了一份自己的健康证发过来。健康证扔过去之后，张博士看了很久。

"上面没有艾滋病和梅毒的指标，回去重查。"

007

战功赫赫的兵哥被护卫对象要求回去查性病指标。

上级领导安慰他："唉，你忍一忍，这孩子就是这样的，重度洁癖，要不怎么是国宝级的天才呢，都有点怪癖的……"

据说国际上想抢人的不少，甚至据说有组织雇用了杀手，准备在比利时学术讨论期间就直接把张博士做掉。

领导叮嘱兵哥："要谨慎，要小心，要连博士拉屎都看着！"

兵哥："我还要先证明自己没性病才能看着天才拉屎！"

查完了一整套性病指标，兵哥带着一个文件夹的体检报告回去了，这次把遗传病都给查了，顺便还拔了个智齿。

张博士唰唰看完，点头，总算把那套恐怖的防护服脱了下来。

一看是个十七八岁的女孩子，长相清爽。

这小孩的生活很简单，醒了就看书写论文，饿了就随便扒拉两口饭，晚上就睡觉，日程雷打不动。兵哥也有个弟弟，和她差不多的年纪，感觉完全是两种动物。

兵哥："我看你午饭没吃几口？"

张博士："一口肉三口菜一碗饭，两颗巧克力，脑部所需糖分和基本代谢能量都够了。"

张博士的人生高度压缩，才不会为了多吃一口饭浪费时间。兵哥看她埋头读书做笔记，忍不住问："你在研究啥呢？"

博士："冬天都冻不死的蚊子，吃不到人也不会饿死的丧尸，还有莫比乌斯环双面胶。"

兵哥有点理解为什么这世上有那么多人要追杀这小屁孩了。

003

兵哥试图拉张博士去散步。再这样闷下去，他特别担心这妹子心理会出问题。

张博士的餐具每天要经过七重消毒，吃的菜要原封不动从冷冻盒里拿出来，替她铺床要带全套生化隔离设备……一堆破事！

兵哥掀桌："小孩子哪来那么多事情！脏不死你！饭后给我散步去！"

张博士死活不愿意出去："我的日程表上没有散步，我也没有吃散步需要的热量！外面很脏！空气中可能有流感病毒——"

兵哥塞了个包子到她嘴里，把国宝扛了出去。

少女闷闷不乐地啃包子，蹲在路边的树前不肯走。兵哥说："怎么的，你还想查这棵树有没有性病？"

兵哥对她就和对自己弟一样，小孩每天闷着干啥，出去跑跑，晒晒太阳。

张博士中午被他拉出去散步，还不许穿那套防护服，不禁恨恨地骂："我要换保镖！"

兵哥："没得换，除了我之外都有性病。"

张博士："连你领导都有吗？"

兵哥："对！我领导都有性病。我告诉你，昨天突然有不明飞行物坠毁，坠毁后散发的气体让全人类除了你我之外全都得了性病！"

这个丧心病狂的消息让博士很惊愕，世界观受到了震荡："那我爸妈呢？"

兵哥："……也得了！"

004

兵哥睡在隔间，睡到半夜，突然听见有人进房间，当即抄起枪，给这人来了个背摔。

就听见小孩惨叫一声，被摔得眼冒金星。

兵哥吓蒙了，连忙掐人中，怕自己把国宝级的脑袋给摔坏了。

博士："你……你先去洗手！"

"好！"兵哥立马冲去洗手，洗完了回去继续掐人中。

"你半夜进来干啥？！"

博士冷冷看他："我问了我爸妈，人类根本没有集体感染性病，你骗我！"

张博士这死孩子，从识字开始，就沉浸于学术科研，和外界的世界严重脱节，连系鞋带都要考虑一下物理结构。

极好骗，但是一旦发现是被骗了，后果就很严重。

这几天，不管兵哥和她说什么，她都闷闷的："你骗我。"

兵哥喊她吃饭。博士："你骗我。"

兵哥："……好，对不起，我骗你……"

博士才肯继续吃饭。

到了洗澡时候，博士："你骗我。"

兵哥："好！对不起！"

不行，这样下去，日子没法过！等睡觉前，博士又幽幽地抱怨，兵哥一把把被子掀了："你再闹，我就不管你了！"

005

接下来每一天，只要看到兵哥，博士就鼻孔出气："用不着你管。"

去开会也不要兵哥，自己穿上防护服和防毒面具就出门了。兵哥急急跟在后面："你还来真的？我真的不管你了啊！"

防毒面具后面，博士的声音闷闷的："要你管？"

一高一矮两个人就这样进了会场，刚踏进去，就听见"砰"的一声——博士还不知道是什么声音，兵哥就将人夹在胳膊下面，抓了就跑："有人开枪！"

一口气冲出去，后面枪响不断。小孩子吓呆了："真枪？那子弹消过毒没有？"

兵哥被她气得一口气没接上来，把人摔地上了。博士揉揉头，就看到兵哥背后一片红的血迹，蒙了。

兵哥被送去了医院，还好没中要害。博士坐在医院走廊里揉头，一群领导围着她："怎么样？博士没受伤吧？"

博士："你们干吗不去管管他啊？"

领导："您比较重要啊！"

博士抱着防毒面具进了病房："那他对我来说也比较重要啊，根据递增原理，他比我更重要。"

博士虽然有时候挺丧心病狂，但是不算没心没肺，兵哥替她挡了一颗子弹，还是没消毒的那种，顿时让她有一点喜欢兵哥了。

博士暂时停止了研究冬天也冻不死的蚊子。科学院宣布这个项目搁置的时候，据说全球狂欢。

博士开始研究自己有多喜欢兵哥。

END

同桌
TONGZHUO

001

她喜欢同桌很久了。

两个人其实从小就认识，但是她没能鼓起勇气和他说话，都只是远远看着。

这座小城镇中，居民大多彼此相识。他们住在同一个工人家属院，她从书房的窗往外看，可以看到他和男孩子们结伴去打篮球。

小学和初中的时候，两人都是同桌，他不像其他男孩子一样喜欢抓毛毛虫吓女孩子，于是她表达感激的方式就是把三八线画得离自己近一点、再近一点，给他多一点地方。

到了高中，两人成了同桌。他十五六岁的年纪，话不太多，头发清清爽爽的短。那年流行灌篮高手，男生都风靡打篮球，一个同样不爱说话的男孩子成了大半个中国女生的梦中情人。他的眼角细细长长，趴在课桌上睡觉的样子好像一只猫。

有天中午吃完饭，他看着干净的桌面挠挠头："你不画那道线了吗？"

都高中了，谁还画三八线啊？她低头不说话。

他拿铅笔在桌子中间画了一道。看她没反应，擦掉重画，新的三八线离自己近了点。

她还是没反应。再重画，这次，他就给自己剩下小半张桌子。

班主任是个小老头，特严肃，外号"鬼见愁"。每天衬衫和西装裤，带着啤酒瓶底一样的眼镜，眉心皱成川字纹。他刚好路过，看到那条一点都不公正的三八线，板着脸敲敲桌子："徐玲玲！不要欺负同桌！"

她气得眼眶有点红。忽然头顶一重——他伸出手揉她的头顶，人趴在课桌上，脑袋埋在另一条胳膊的臂弯里憋笑。

007

徐玲玲人小，看上去文文静静的，很好欺负。

到了高中，男孩子们找到了一个新的乐趣，就是弹女孩子的内衣带子。

下了课，他和男生留在学校打篮球，她躲在不远处看。忽然来了三个同班的男生，狂笑着围住她，去扯她的肩带和背后的带扣，看她尖叫害怕的样子取笑她。

然后"啪"的一声，背后的内衣扣子松了。男孩子们笑着逃跑了，她忍着哭躲到树干后面，想隔着校服把带子扣上，却怎么也扣不上。

他打完一局，准备回家了。背着包拿着可乐走过小路，见到她躲在树后面："怎么了？"

她说："你别看！"

男孩子也不知道她让自己别看什么，见她难过，递了瓶可乐过去。

结果她一下子委屈得哭出来，双手不知道是继续拉着扣子好，还是捂着脸好。他依稀反应过来了，把自己的书包给她。

"你把书包背在前面。"他说，"我看看能不能帮你扣上。"

她抱着包，整个人都烧红了，感到他在自己身后半蹲着，琢磨怎么隔着校服把内衣扣上。最后勉强勾上两个，凑合吧，回家了。

003

后来到了高二，男女生要分开坐了。

她渐渐没什么机会和他说话，偶尔放学路上会遇到，就一起走一段。

原来的英语课代表转学了，她成了新的英语课代表，早上去收作业，路过他的课桌，那条三八线还在。

她想和他告白，就在纸条上画了个小爱心，揉成一团，英语课默写的时候扔向他那边。他把纸团捡起来了，她紧张得心怦怦直跳。

结果还没等展开，正在巡逻的班主任一把就将纸团抢了过去。

女孩子紧张得背后不断冒冷汗，可他居然又将纸团抢了回去，直接塞进嘴里咽了下去。

男孩子被请了家长。班主任叨叨了半天，他胖胖的妈妈揪着他耳朵："小兔崽子你……"

"小老头子"班主任抱着保温杯念叨："英语小默写你作什么弊啊？"

他闷闷说："我没作弊。"

班主任："那就是有女同学给你递小纸条了。"

他不说话了。因为眼角依稀瞥到是她扔的纸团。

班主任老江湖了，啧啧一笑，不知是不是想起自己年轻的时候，有些羡慕这些学生。

青春年华，哪有少年不思春啊。

"下不为例，喜欢就喜欢了，但不许课上说悄悄话，影响学习啊。"小老头笑呵呵地拍拍男生和他妈妈的肩，走了。

同桌

004

高二下半学期，学生们陆续买了手机。那时候手机只能打电话和发短信，彩铃都是时髦玩意儿，上网更是奢侈。

她手机上收到的第一条短信是他的：你那天的纸条上到底写了什么啊？

她没回，不过把这条短信收藏了，每次清收件箱都会特意留下来。每天晚上睡觉前，她躺枕头上给他编写短信，每次都是写了就删——要是先发短信不就是认了吗。女孩子们已经会去网上看各种恋爱小指南了。"男追女，隔座山；女追男，隔层纱。"这种小口诀背得朗朗上口。女孩子主动追人，没什么面子。

临近高二暑假，小老头在讲台上抱着保温杯，耳提面命高三的事情："时间紧张了，要努力了，准备决定专业方向了，不许再玩了！你们是我带过最差的一届！"

小老头挂在嘴边的就是这句话——"你们是我带过最差的一届。"

他说完，突然叫她起立："徐玲玲，你以后想干什么？"

她"啊"一声，站起来纠结半天，然后说："想当老师。"

"就你这每天分不清东南西北的样，还当老师呢？"班主任摇摇头，"你们以为当老师轻松啊？你为什么当老师？"

她说："因为……因为有寒暑假。"

班上不少学生都点头了，大家都觉得当老师不错，能骂学生，能给学生布置一大堆作业，还有寒暑假，而且还不用做假期作业。

小老头气得哼哼，数落她一顿，最后说："那你就要当个好老师，记住没有？"

005

同学一个个站起来，说自己以后想干什么。轮到他，他说"还没想好。"

现在回想起来，那天或许是有些征兆的。一直严肃的"鬼见愁"难得和学生们谈以后的梦想，一直想当个灌篮高手的他难得说"还没想好"。

突然地动天摇。

教室的粉墙"簌簌"往下碎落，课桌乱成一团。孩子们尖叫着仓皇一团，班主任说："地震了！快出去！"

保温杯落在地上碎了，地面在反复晃，跑都跑不动。小老头把吓傻的学生们一个个拽起来往门外推："都愣着干啥呢？哎哟！你们真是我带过的最差的一届！"

也不知道这个小老头哪来那么大的力气，把一个班四十多个孩子全部都送了出去，替他们撑着门框。

楼道里昏暗一片，有人哭有人叫，她这才意识到自己冲出去的时候手里还握着手机，想给他发条短信，说"我喜欢你"。

这时候，有面子没面子都不重要了，她一边哭，一边毫不犹豫按下发送键。

发送失败。

忽然，手机收到了一条消息。

"我知道。"

是他发来的。

006

学生们陆续逃出了正在坍塌的大楼，有人问"老师呢？"，再一回头，教室就已经不见了。

幸存下来的同学们站在操场上，先是鸦雀无声呆立着，后来不知道谁第一个哭了，紧接着，大家都哭了。

就在这时候，不成样子的教学楼大门后面冲出了一个人影——高高的男孩子背着个满头是血的小老头跑出来，两人都一身的墙粉，狼狈不堪。

小老头还在他背上骂骂咧咧："你个兔崽子不要命了？你回来干什么？你哭什么？哎哟，你们真是我带过的最差的一届……你们都哭什么……"

后来她问："我消息都没发出去，你怎么知道的？"

他摇头。那时候他确实没收到消息，可突然之间，他好像就是知道了。

他们一起回了家。地震时很多通信断了，爸妈在家里和工厂里打各种电话都打听不到孩子的消息，看到两个人平安回来，都抱着人号啕大哭。人明明没事啊，哭什么呢？她抱着爸爸妈妈，也"哇哇"大哭。

高考送考那天，班主任脑袋上包着纱布给他们送考，还拿记号笔在纱布上写满加油。

007

她考上了师范，他考了电气专业，大一的时候申请当兵去了。她忧心忡忡，晚上翻来覆去睡不着。

后来终于有一天知道他站岗的地方了，于是大清早就急匆匆赶过去等他。

他笔挺笔挺站在太阳下，很快汗流浃背。心疼得她拿纸巾出来给他擦汗，擦了没几下，旁边来了个年纪大些的军人，指指边上一块牌子：卫兵神圣不可侵犯。

她缩了缩手："这个……我没有想侵犯他……"

军人："……"

她："其实他是我男朋友来着……我，我，我不会侵犯他的……"

他在那站着，忍不住抽了抽嘴角，差点没憋住笑。

第二天她又去了，这次带了个小筐筐，里面装着湿纸巾，防晒霜，润肤露，风油精。

一边给他擦，她一边嘀咕："这个不算侵犯吧，这个算优待军人嘛……"

那个年长的军人又赶过来了，一脸严肃地等她给他擦完，轰人。

尾声

大学毕业后，两人回了趟学校，去看高中班主任。

小老头还在教书，头上留了个疤，怒气冲冲拍讲台，对着台下一群学生说："你们是我带过最差的一届！"

等下了课，两人进了教室，坐到以前那张桌子上去，三八线早被擦了，他又画了一条，只给自己留了小半张桌子。

班主任刚好抱着保温杯过来，看见那条三八线，又敲了敲桌子："你啊，不要欺负同桌啊！"

END

学剑
XUEJIAN

001

小公主最近闹着要学剑。

公主学学刺绣女红什么的就好了，但既然闹着要学剑，国君也拗不过女儿，找了几个女剑客教女儿。

公主不要。公主说她要向传说中江湖第一的剑客拜师学艺。

众所周知，不管什么职业，只要加上"传说中"这个前缀，就会神龙见首不见尾，金山银山也请不来。

于是传说中的剑客就在客栈里收到了宫里发来的 offer。

剑客嗤之以鼻："你以为公主就能为所欲为吗？"

公主亲自带着人过去谈，然后提笔在工资上给剑客加了个零。

剑客："今天开始你就是我的老板了，有何吩咐？"

有钱就是可以为所欲为啊！好爽啊！

公主每天练剑练到虚脱，剑客鼓励她："继续坚持，你就可以练出肱二头肌了。"

公主："要不这季度练完就算了吧……"

剑客："别啊！'剑'身是需要坚持的，你再续一张季度卡，现在续卡送一个月。有我这种私教，包你一年平推三百斤！"

公主发现这个传说中的剑客表面上装得很清高，实际上特别想保住这个饭碗，毕竟教公主练剑，说出去有面子，工资福利好，工作内容还轻松——公主一开始一周七天都去，后来一周去三次，再后来三周去一次。

但是她还是续费了"剑身卡"。因为剑客每次进宫都从民间带很好吃的小点心给她，礼轻情意重，吃人嘴软。

后来她突然想通了，这是何等的卑鄙啊，"剑身教练"居然给你带垃圾食品！

公主练剑，全国都在笑话她，觉得不像样子。但公主很执着地练，虽然没练出肱二头肌，但有模有样了。

剑客其实搞不懂，公主这般养尊处优的人，干啥要练剑。

公主："练好了剑就上战场打仗。"

剑客吓疯了："我觉得你很危险。"

公主翻了个白眼："要是能上战场打仗，我就不用和亲了。"

在这个国家旁边，有个邻国，就叫它能打国吧。

能打国很能打。公主的父王被打出了心理阴影，公主的兄弟们也被打出了心理阴影，谁也不敢带兵上战场保家卫国了，都指望公主以后能去能打国和亲。

公主想，那很简单。她不想和亲，嫁给一个连面都没见过的人。而她之所以要去和亲，是因为男人们不敢去打仗。那她练剑，她去打仗总行了吧。

她说着说着就蹲下了，剑客忍不住揉揉公主的头。

公主："放肆！"

剑客这个月的工资被扣光了。

004

京城要举办比武大赛，公主准备带着半桶水的功夫上场。

剑客："放心吧你稳赢啊老板！"

公主："放一百个心，名师出高徒啦！"

关键是剑客觉得没人敢打公主。

可公主戴上面具，换了一身男装，换了个名字报名参赛。没了公主光环护体，剑客心里就开始打鼓了。

虽然有点波折，但是公主最后还是赢了。

传说中的剑客倒给公主的半桶水，对普通武者来说也算惊涛骇浪了。

公主很开心地跑去接受父王的召见，准备在父王面前摘掉面具给他一个惊喜。剑客跟在这个蹦蹦跳跳的疯丫头的身边，松开了双拳，掌心里是看她比武时吓出来的满手心的汗。

进大殿前，公主在师父面前踮起脚："赏你的！"

剑客："啊？"

公主："可以揉我的头一次！不扣你工资！"

剑客的手迟疑了一下，放在她头顶，拍了拍。

被接见的时候，公主拿下面具，和父王说自己愿意代替皇子上战场。

朝野都吓坏了。

国君还没回过神，皇子们纷纷劝父王，快点促成和亲，嫁过去之后，王妹就没那么多小孩心思了。顺便，他们准备再把那个来路不明的剑客给办了。

传说中的剑客嘛，名字是假的，没有过去。这么一个身份成谜的人，怎么可以留在公主身边。

要是再不把公主嫁出去，老爹万一真的脑子抽了把兵权交给妹妹，妹妹万一真的打了胜仗，皇位归谁。

005

剑客被抓了，关进了大牢。皇子们用师父要挟公主，逼她乖乖去和亲。

那一头也没闲着，剑客被严刑拷打。他们希望能让剑客屈打成招认一点罪状，好在公主和亲后就把人杀了，一了百了。

剑客起初什么罪名都不认，到后来说："我偷偷告诉你们一件事，惊天大事。"

剑客："我和公主私订终身了。"

皇子们捅了个马蜂窝。这个消息一传出去，如果被邻国知道公主和自己的剑术老师私订终身，和亲的事很可能就黄了。

剑客被打得遍体鳞伤。终于有一天，公主来牢里见他，告诉他，自己决定去和亲了。

公主说：她和哥哥们说定了，他们放剑客走，等师父走了，她再启程去嫁人。

"我再偷偷告诉师父一个秘密啊。"她踮起脚，凑近铁栏后他的耳朵，"其实比起邻国那个没见过面的太子，我情愿和你私订终身。"

邻国一开始不太愿意和亲，可能是看不上旁边这个不善战的国度。

国君摆低姿态，一求再求，对方终于答应了和亲的事。公主看着剑客摇摇晃晃走出城门，然后再梳妆整齐，走上马车。

006

公主去和亲了。

到了邻国，也没婚礼，她就被安排在一座冷冰冰的宫殿里，连那位太子的面都没见过。其他人告诉她，因为太子在忙国事。

过了几天，有天夜里，一个黑衣人从皇宫的窗外跃进来，揉了揉她的头。

公主一看，是师父。

剑客说："我是来带你走的。"

月色下，寂静的皇宫里响起了侍卫们搜索闯入者的声音。剑客给了公主一把剑："走！咱们师徒两个杀出去！"

公主摇摇头："我不能走。"

公主不是孩子了，她来和亲，尽管还未见过那位太子，可如果她走了，自己的家国怎么办。

要保家卫国，并不是只有打仗一个方式。公主这个身份给了她许多美好的东西，相对的，她应该有一个公主的担当。

公主说："你走吧，我帮你逃出去。但我不能走了。"

守卫们的声音渐渐近了。剑客叹了口气，丢开了剑。

他要走，没人拦得住他，但他就是想再和徒弟待一会儿。

公主在的这座宫殿被包围了。剑客抬起头问她："你真的不和我走？"

公主摇摇头。

剑客苦笑，过了半天，长叹一声："真没想到，你比我有担当。"

旋即他又轻声问："那你可还愿意与我私订终身？"

守卫冲入殿门。公主哭了，点了点头："我愿意。你快走吧，你再不走就来不及了！"

剑客摇头，他也不走。守卫包围了他们，手里的兵器闪着寒光。

公主一把抓起地上的剑，她不走，但她至少要帮师父逃出去。就在这时，四周的守卫齐刷刷跪下。

"恭迎太子回宫。"

剑客坐在那儿摆摆手，揉着眉心："行了，行了，都退下吧，我和太子妃私订一下终身，都别来当电灯泡。"

007

剑客是邻国的太子。

但他讨厌这个身份，当了太子，太多事不能干，又要干太多不想干的事。所以十六岁那年他离家出走，一走就是十四年，浪迹天涯当了个江湖客。

邻国怕这个消息传出去让天下不安，于是封锁了消息，对外说太子常年病休，对公主说太子在忙。

剑客脱下了一身风霜，重新换上太子的装束。徒弟都有那么大的担当，当师父的总不能丢人。

太子没多久成了国君，太子妃成了皇后。就是国君的衣服成天坏，因为皇后喜欢练剑，突发情况下可以带兵打仗，绝大部分情况下用剑来相夫教子。

王子和公主从此幸福地生活在了一起，刀光剑影，可喜可贺。

END

共享美味

001

共享经济是城市最后的痛点。

共享单车、共享充电宝、共享睡眠舱……有些成了常青树，有些不过昙花一现。

而我——苏天，我创立的共享美味，成了共享经济中的一股泥石流。

002

这个听起来就很邪道的产品，在宣传期得到了一致的"不看好"的评论。

"好恶心啊，感觉好像嚼别人嘴里嚼过的东西一样！"

"万一不吃香菜的人共享到了香菜味的饮料怎么办？要命啊。"

"有这个工夫干点啥不好？"

……

但是上市后，随着第一批试用者的好评，共享美味成了一种新的时尚。

使用者只需要购买一个套装，里面有味觉传感器和味觉传导针。传感器是一个类似小冰块的圆润方块，是让人放进嘴里的。传导针则是让人插进食物中的。

"将针插入食物中，这个食物的味道信息就会被共享到'共享美味'app上，所有用户都可以看到。如果你想一起感受这份美味，就选择这款食物，将味觉传感器放入口中。很快，这种食物的味道就会完美地传入你的口中……"

大街小巷的广告里都在播放着共享美味的宣传片。我穿着柠檬黄的吊带裙，戴着太阳帽，脚步轻快地走过商业街。

这个发明让全人类都疯狂了，不再有什么因为美食无法减肥的事情，你只需要点击app中的火锅选项，然后喝代餐粉，就好像在吃一份鲜美的麻辣烫。而且，我的公司也有完善的监督机制，之前也有使用者恶意将传导针插入味道恶心的食物中，只要经过举报核实，这人就永远失去使用共享美味的资格。现在，如果你想分享一种美味，自己就必须先用传感器品尝你传导针收集的味道。

在这样的层层约束下，共享美味的平台发展迅速。你可以把白米饭吃出海鲜鲍鱼的味道，可以随时随地喝白开水，但却喝出奶茶的味道，可以不花一分钱，就吃到国宝级的牡蛎。

我原本应该享受全人类的拥戴，而共享美味也该享受百分之一百的好评……

然而这一切，都被这个叫齐世尘的男人毁了。

"难吃。"

综艺节目上，一个俊美得仿佛在发光的男人在参加节目的游戏环节，当场使用共享美味装置，去品评世界前三的米其林高星厨房新作。

"难吃。"

他只是皱皱眉头，给出了这个答案。

主持人不免也感到了诧异，根据节目安排，所有嘉宾应该都一致觉得好吃才对。这是共享美味、米其林餐厅和他们节目的三方推广合作，但是……

"难吃。"

国民级男神齐世尘不屑一顾地冷笑，将嘴里的传感器吐出来，扔进了嘉宾座位上的水杯里。

"只是模仿味道而已。美食是什么？美食是一种体验，当你坐在一个特定的环境里，品尝一个食器中的食物，食物本身的香气、口感、食物的摆盘造型、你所能闻到的周围的气味，以及这个环境的整体……多方协调后，美食给你一种即刻的体验，那是一种艺术，而这……"他晃了晃水杯里的传感器，"简直是野蛮人的石头。"

岂有此理！

我本来坐在豪宅中的沙发上，搂着我的小贝贝——马尔济斯犬，看着电视，准备看嘉宾们对着共享美味山呼万岁。

我从来都值得这些欢呼，曾经的我是世界上最年轻的米其林三星厨师，曾经让无数餐厅辉煌过，在创业后创造了一个奇迹……

但是，这个叫齐世尘的男明星似乎正在让这个奇迹崩塌。

共享美味

节目播出后，网上迅速有了反对共享美味的声音——这是艺术！他们跟着齐世尘发出声讨：把美食简单粗暴地局限于味道，是对全世界认真对待美食的人的不公！

"小陈！"我马上打电话给了自己的助理陈文君，她永远二十四小时待命，"快想办法公关，不管花多少钱！"

"好。天姐，你以前还挺喜欢齐世尘的吧？"

"那是以前！现在他就是我们公司的头号公敌！"

小陈人如其名，是个文静的女孩子，虽然年轻，但办事能力很强。和我的鲜亮不一样，她的外号是"小淑女"。

"知道啦，我马上去。"她说，"放心交给我吧！"

我几乎能想象到她穿着粉色碎花长裙，小碎步跑出去的样子。

004

可是，这件事情并没有很快平息。

网上马上就出现了共享美味的粉丝和齐世尘粉丝的骂战，双方各执一词，掐得昏天黑地。最后还有人扒出来很多人是收了我们钱的水军，恶意攻击齐世尘——这件事，我完全不知道。我只让小陈去公关，和齐世尘的经纪公司谈一谈罢了。

小陈也不会做这种事，她素来稳重。

这件事情让共享美味公司陷入了舆论危机，我收到了董事会的短信，约我后天去公司谈谈这件事。

能有什么事呢？

我打着哈欠，换上了花色漂亮的波希米亚长裙，预约了美甲店，准备等应付完那群老头子，就拉着小陈去逛街做指甲。

这种生活，是我以前当厨师的时候想都不敢想的。

女厨师在行业中本来就走得艰难，不能打扮，不能化妆，不能做指甲。在辞职创业之后，我一下子有了新的生活方式。

车停在公司豪华阔气的前门，我哼着歌进了电梯，有几个员工和我一起进来，都小心翼翼地往我这瞥了一眼。

高层会议都用顶楼的会议室。刚出电梯，我就见到陈文君等在门口，神色里透着担忧。

"没事儿，"我经过时，把草帽扣在她小小的脑袋上，"我马上就出来了，然后一起去做指甲。"

会议室里的圆桌旁，董事会全都到齐了。代表人张先生是个五十岁上下的中年男人，他看着我笑，不知为何，今天他的笑容让我有些发毛。

"苏小姐，今天请你来，是要告诉你一个消息……"

005

夏天的暴雨，往往来去匆匆。

我呆呆地站在雨里，时不时向前走两步。原本艳丽的裙子被雨水打湿了，深色的水渍让颜色不再明亮。

——我被共享美味公司扫地出门了。

就在刚才，董事会通知我，这次的事情对公司影响极大，考虑到我是公司"共享美味"核心专利技术的所有人，所以"请"我为这次的公关风波背锅。

我被开除了，失去了对公司的控制权，甚至连专利技术也被扣下——当时我把专利给公司,本是为了让它增值。万万没有想到,会有今天。

我在僻静的街道冒雨而行,公司将我的车和房都收了回去,因为我的所有财产都是挂在公司名下的。

突然,自己从云端跌落,变成了一无所有。

电器店橱窗里的电视播放着最新的新闻。共享美味引发争议,公司董事苏天引咎辞职,为此次舆论战引发的不良后果负责……

凭什么?!

我趴在玻璃上,死死瞪着女主持人的脸。我根本就是替罪羔羊吧?挤走了我,他们才好直接吞掉这个专利!

可恶——

我重重地捶了一下玻璃,随之而来的,是震耳欲聋的破碎声。

我呆住了,这声音并不是因为我捶玻璃发出的,而是来自我身后。

一辆豪车撞上了停在一旁的卡车,豪车被撞成了一摊铁疙瘩。

是因为雨天路滑?但是明明没什么车的马路上,为何会撞成这样?

我看到驾驶座车门被人踢开了,一个褐色头发、穿着猫头鹰图案黑T恤的青年手脚敏捷地挤出安全气囊,窜入了旁边的居民楼,不见踪影。就在他离开后,另一扇车门也被打开了,一个人从里面缓缓爬出来。

他受伤了?

我犹豫了一下,正要去看,突然,从旁边冲出了许多人,拿着手机开始拍摄这场车祸。

搞什么啊？

"先救人吧？！"我冲过去拨开他们，查看那人情况——好热！他的皮肤温度好高！

当我见到他的脸时，整个人都惊呆了。

一张俊美得好像在发光的脸。

齐世尘。

但他的肤色不正常，冷雨落在好像醉酒似的皮肤上，让他微微醒了。我正纠结该怎么办，一旁冲来几个人将我挤开，随后，这条常年安静的马路上响起了救护车和警车的声音。

现场的人很快多了起来，有不少是新闻媒体的工作人员。齐世尘刚刚能勉强站起来，长枪短炮般的镜头和话筒就将他围住了。

"国民男星齐世尘刚才被发现超速醉驾，在市内引发严重车祸……"有记者正在现场播报，"我们接到知情人电话，迅速赶来现场。警车和救护车都来了，这起事故看来没有造成过多的人员伤亡……"

"等一下！"我的声音夹杂在现场的喧嚣和雨声中，宛如蚊子声，"我看到驾驶员不是他啊！"

没人理我。

警察也来了，判定车子的情况。刚才车速不慢，车头撞得很惨，但豪车的安全做得都不错，否则那驾驶员也不可能马上逃出去。

车子的后备厢被打开了，不知道谁喊了一声"白粉"，所有的镜头闪光灯全都转移了过去。

警察从他的车后厢拿出了一袋方形的东西，我被人群隔开了，看不清。没过多久，烂醉如泥的齐世尘就被戴上手铐，押上了警车。

006

"就这儿了。"

我的老同学打开房门，让我进去。这是一栋老房子的阁楼房，有一股挥之不去的霉味。

"就这儿？！你是我仇人吗？"

"免费给你地方住哎！"安迪妖娆地扭着腰，翻了个白眼，"谁让你只知道乱花钱从来不存钱的？现在出事了，连住的地方都没有，哼！"

对，这个染着一头粉色头发的男人，是我的高中同学，虽然看上去是个怪人，但也是个小有名气的美术设计师。

我嘴上抱怨几句，但也知道，在这个高消费城市，除非是真朋友，否则谁也不会免费给你一个窝住的。

虽然是阁楼，但是挺宽敞的，该有的都有。我爬到窗口的沙发上，打开了窗，凉爽的晚风拂面，稍稍散去了内心的阴郁。

房门关了又开，我以为是安迪上楼送东西："你就不知道敲个门吗？有女士在哎！"

没有回答。

我回过头，发现那人也在看我。

……我该不会在做梦吧？人生何处不相逢啊？

这个人穿着一件普通 T 恤，神色虽有些憔悴，但仍然十分好看。

"你……"我声音都在发抖，为什么，为什么会在这儿看到他？

"你是不是走错了？"

他木着脸："这里是梨花路 351 号四楼吗？"

"……是"

——为什么齐世尘会在这啊？！

我终于反应过来："你这家伙——"

他也挺诧异的，虽然考虑过我这个女人或许会是他的粉丝，但是，我的声音里充满着咬牙切齿，哪怕是影帝都无法彻底模仿。

"你干什么？是我的黑粉？"

"还黑粉？只黑不粉！"

我一撩头发，高傲地仰起头——老娘沦落到这一步，还不是因为他的一句话！

"……原来你是那家公司的老总啊？被赶出来了？"他带着鄙夷不屑一顾地看着我，"哦！活该。产品做得那么垃圾——"

"哈？垃圾？你这种人才是，只会哗众取宠的三流艺人！"

"三流艺人？我可是连续三年的影帝好吗？和那种流量小生完全不一样！我是被人陷害的！"

某种意义上来说，我们都是被人陷害的。

齐世尘把行李一丢，将我踹下沙发，往上面一躺，长长地叹了一口气。

"我根本没有醉驾，也没有吸毒，"他说，"在一场会议之后，我的助理给我拿了杯咖啡，喝完咖啡，我就记不得之后的事情了。"

接着，就出现了豪车被撞毁的那一幕。当他从后座勉强爬出来时，外面早就围满了人。而且，还有后车厢凭空多出来的毒品。

警察仔细调查后，做了头发检测，确定他的确没有吸毒史。那些毒品外包装上虽然有他的指纹，可是彻查齐世尘的通讯记录，也没有发现任何和毒品有关的线索。

"那不就好了吗？"我和他抢沙发未果，干脆一屁股坐在他腿上，坐得他跳了起来，"为啥现在那么落魄？"

"虽然疑罪从无，可是对一个明星来说，出这种事情就等于职业寿命结束了！我没有醉驾，我也没有吸毒，但行业决定把我封杀了，而且，我还因为不良行为，付给了经纪公司天价的赔偿。"

我不知道那天价赔偿到底是多少，但是看他现在凄惨如我的样子，不禁感到同病相怜。

"好啦，都到这地步了。而且我确实相信你是无辜的。"

"你？你难道不该去添油加醋吗？"

"我又不是那种人！因为，我看到驾驶座上的人不是你啊！"

我便将自己看到的那人告诉了他。可惜，这些特征太模糊了，夏天的马路上到处都是穿黑 T 恤的褐发男孩。

虽然本该水火不容，不过看在同样蒙冤落魄的分上，我们俩还是勉强坐在一间房间里，准备吃晚餐。

我拿出了共享美味的传感器放进嘴里，用 app 选了个西班牙海鲜汤，就开始吃三块钱一碗的泡面了。

他毫不掩饰自己的鄙视："我记得他们说共享美味的老板以前是米其林大厨吧？怎么品位那么差？"

"品味差？我发明的共享美味可以完美复制味道！"我从包里拿出一个备用的套装扔给他，"自己去试！"

他连看都不看："我这辈子只佩服做菜做得好的人。你想让我看得起你，至少要拿出能说服我的菜吧？"

这可是你自己说的！

我得意地用鼻孔发出笑声，挽起袖子走向厨房。做菜而已，直接用美味干翻他，我三根手指就做得到！

007

冰箱里的材料不多，但也足够我做一份法式奶油炖菜了。

拿起刀，陌生而熟悉的感觉便涌了上来。自从创业后，我就再也没有认真做过菜了，以前那种在厨房听切菜声的日子一去不复返……

"啧。"指甲太长了，我没有办法准确落刀切丝，失误了好几次才把彩椒切成细细的圈。但是，最后的成品还是不错的。

那人闻了闻，神色还算严肃，接着尝了一口，"呸"地吐了出来："苏天小姐，麻烦你以后不要自称什么大厨了……"

"你别太过分，鸡蛋里挑骨头！"

这人根本就是故意刁难啊！我冲过去，将炖菜盘子抢了过来，自己尝了一口——不错啊。

他冷哼一声，没再和我说话，而是自己走向厨房，用我刚才的那些材料，做了一份一模一样的炖菜。

大明星居然会做菜？

我诧异地看那边的刀光剑影。他运刀娴熟，动作老练。你说这是个专业的厨师我都信，可……

"该，该不会是演过厨师什么的，就照着做吧？"我干脆坐在椅子上，等他做出成品，"做菜可不是演戏啊……哎？"

炖菜做完了，热气腾腾地摆在我面前。

能有多好吃啊？我舀了一勺奶油汤放进嘴里，长久以来浸泡在共享美味传感器里的舌头根本没有尝出特别之处，感觉和我做得差不多。

第二口。

伴着香气，某个地方仿佛微微苏醒。我睁开眼睛，喝了第三口。

"……"

"怎么样？"他得意扬扬地站在对面，抱着胳膊，手里拿着铁勺子，"知道差异了吧？"

好喝。

不是说味道多么惊艳，而是说，每一步调味都恰到好处。

切得更细的彩椒，更好的调味，更大胆的黑胡椒，香芹的香气，在恰到好处的温度洒下香料，以此挥发出香草最美的气息……

字字含糖

"你看看你的手指。"他用汤勺勾起我的手指，长指甲上面是厚重的光疗胶和美甲饰品，"调味料会卡在你的指甲缝里，让调味不准；化妆品会让你的皮肤紧张无法彻底放松；指甲太长导致手无法自然握拳，让你的刀工粗糙；还有就是香水，厨师怎么能喷香水？香水不仅会毁掉你的嗅觉，还会毁了菜的香气！"

他的话很难听，但却是对的。

"别说什么'女人当大厨不容易'。娱乐圈也是个女人不容易混的地方，女人在哪里都是不容易的，会被看轻、被欺负、被伤害，所以我最看不起那些欺负女人的垃圾，但我也看不起明明已经有机会闯出头，却毫不努力的女人。"他丢开勺子，拉着我坐下，"你也是被公司里的人欺负了，对吧？我们的境遇是一样的。"

"一起复仇？"我抬起眼，和他四目相对。这人是真的好看，离得那么近，我都有些看晕了。

齐世尘打了个响指："英雄所见略同。"

008

我根本没有指使过陈文君花钱找水军攻击齐世尘，那么，网上爆出的那些聊天记录和收据又是怎么来的？如果是伪造的，那么对公司的信息也知道得太清楚了吧？

找了个休息日，我约前助理出来见面。但是在这之前……

"打工？"说这句话的时候，齐世尘好像生吞了一只蟑螂。

总要解决生计吧？安迪这个嘴硬心软的人，可是倾尽全力在帮我创造工作机会啊！

在他理发店的边上，有一间很小的店面。原本是理发店一起租下来做水吧的，客人可以在那里买些饮料。里面有基础的料理器材，能做些简单的点心与饮品。

"要不然呢？你都被封杀了，比起被人当猴耍一样去拍九流肥皂剧的男三，还不如一起创业。"

"这叫创业？"

我们站在那小窗口前，真的很小，你们想象一下那种夹缝里的奶茶店。

齐世尘不肯，毕竟曾经是大明星，现在沦落至此，多少有不甘心："我可还是能接到工作的。"

"就你现在这样？"

"不信？"他勾勾嘴角，"那就一起来看啊。还能让邀请方给你一顿午饭呢！"

我们一起去了那座商场。在露天广场上，展台已经搭起来了。一个负责展会的妹子微笑着走过来，向他说："齐先生是第一次参加我们这种商场展会吧？很简单的，跟着主持人说就行了。"

他没告诉我走这一趟能拿多少钱，但是从前光芒万丈的齐世尘根本不会参加这种活动。我拿着主办方的盒饭吃了起来，没有用共享美味。而周围所有吃盒饭的人，嘴里都含着那个小方块："哎，你们看到共享 app 的首页推荐了吗？那个'神秘果'口味……"

"你用了吗？我看要额外付费就没用。"

"对啊，原来全都是免费的，结果现在有一个专门的味道是要付费的，好贵的。"

什么？

我才离开了一周，共享美味就有那么大的变化了？原本只有设备和 app 收费，里面的味道是全部免费的，这样才可以让买了 app 的客人平等品尝到全球的美食啊！

——可恶！

我打开手机，查看共享美味，果然，在首页有一个官方推荐的"神秘果"口味，标价收费 100 元解锁。

要不要尝一尝？

009

我的手指游离了片刻，点在了确定键。口中的传感器很快就传出了一种鲜甜的味道——野生鲫鱼？最肥美的山竹？烤肉的吱吱声？生蚝的海水气息……

这到底是什么味道？！

我睁大了眼睛，呼吸都变得急促了起来。这个味道仿佛根本没有停留在我的味蕾上，而是直接窜入神经终端，疯狂地在我的大脑里咆哮……

"哈哈哈……"

我忍不住笑了起来。

不知道为什么，这么多天我都没笑过，但是现在却好像忘记了所有的烦恼。好开心啊，这世上所有的烦心事似乎都远离了……

旋即，这种快乐感消失了。我又回到了原来凄惨的状态，身无分文，被扫地出门……

怎么回事？

我还未反应过来，舞台上已经开始了展出，热辣的模特们扭着腰臀，穿着艳丽粗糙的舞台服，围着齐世尘打转。可这都不重要，我只想再……再……

——不行！

自己凭借意志力，硬生生止住了再次付费的冲动。天啊，这个味道到底是什么？它就好像是世上最甜美的食物，让人欲罢不能。

很美好，但是越美好的东西，往往隐藏着越多的诡谲。

"接下来是模仿秀环节，齐世尘先生请跟着模特的舞蹈，一起来跳舞吧！"

因为他的人气，舞台下围着许多的观众。我努力让那边的事情转移自己的注意力，忘掉那种美味。一个两百多斤的胖子上台了，他也穿着模特那种性感舞台服，逗得观众们大笑。这人像智障般扭着屁股，舔着手心，然后盯着齐世尘看，让他也跟着模仿。

人们在笑，我只觉得恶心。旁边两个工作人员在低语："都混到这个地步了，还拿自己当大明星啊？那架子端给谁看？"

我瞪了他们一眼："这根本就是耍猴吧？"

"哎？商场展会要是没乐子谁会看啊？"那两人和我吵了起来。

那人拿着话筒站在舞台上，面上仍然保持着职业的微笑。在这些人眼里，这是虎落平阳了。但我还记得他昨天晚上做饭时认真的样子——没错！他和那些只知道赚钱的艺人不一样，他是在认真对待自己做的事情！

所以，他们凭什么这样对他？

我冲上台，将话筒从他手上抢下来扔了，把人拽下舞台。他全程没有说话和抵抗，就这样跟我走了。

我们把那个滑稽的舞台抛在身后，一起跑向新的开始。

010

这天晚上，我们将那个小房间收拾好了。

齐世尘同意和我"创业"。我想做匹萨，他可以做拌面，都是可以随买随吃的美食。回了家，我拿指甲锉，一点点把美甲卸了。

第二天，我们两人换上标准职业装，我没有化妆，也没有喷任何香水，和他一起早早起来准备今天要用的食材。他做饭的技术真的很好，他说，是跟着妈妈学的。

"你妈妈也是厨师？"

"是啊。"说起母亲，他的眼中都露出了带笑的光芒，"妈妈是个很了不起的厨师，比你厉害多了。"

我们的第一个客人，是一位送孩子去上学的母亲，想买一片芝士匹萨给孩子当早饭。我们刚刚聊完他的母亲，齐世尘微笑着将匹萨卷递给她：“这是送的。”

他小时候父亲早逝，家里很穷。但一直到去世前，他母亲都不依靠任何人，靠着当厨师养大了儿子。

我算了算时代，不禁咋舌。那时候，女厨师更加凤毛麟角，大多数女性只能在厨房打下手。

尽管买不起好食材，但是齐世尘的母亲却能把最平凡的食材做成绝顶的美食。

“这就是用爱制造的味道。”他说，“每一个吃她做的菜的人，都能体会到这盘菜里是有爱的。只有热腾腾的菜才能传达这种爱，冰冷的传感器是无法传导的。”

“哼，诡辩。”我咬了口他的匹萨，不得不说，真的很好吃啊！这人不当明星也可以当厨子，完全能主勺的！

不管做什么，做菜也好，演戏也好，齐世尘都认为，应该把爱传达给影迷：“这样才担得起他们对我的爱吧？所以在综艺节目上体验共享美味，心情一下子就很糟，这种根本没有爱的节目，让人完全提不起兴致啊！”

我冲他吐吐舌头，将自己做的芭菲递给了客人，一位女高中生。她喝了一口，表情淡淡地嘀咕：“……也就这样啊，还不如用共享美味呢！”

不懂欣赏！

不过，我自己也感受到了共享美味对传统餐饮业的冲击。比起花十几块钱买一片匹萨或者饮料，直接用免费的 app 选择自己想吃的东西，再把小方块扔进嘴里明显方便便宜很多。

休息的时候我也忍不住想用它吃顿海鲜大餐。但打开手机，又看到了首页的那个"神秘果"。

……这到底是什么东西？

回想起当时的美味，自己的头好像针扎似的，可是却有种失落感，好像从巅峰的快乐中跌落，再也回不去了。

"天姐！"一个甜美熟悉的声音打断了我的神游。我关上手机，看到窗口那边小陈的笑脸。

我的小淑女来了。

011

"总之，就是这样，回去是肯定不可能了，张先生把控了公司，准备开始新的企划。"陈文君穿着淡绿色的连衣裙，神色娴静，眉宇间带着淡淡的忧愁。

"和餐厅进行线下合作，你只有去那边进行消费才能得到限量版的味道。普通用户不能再自由上传味道……"

"那还叫什么共享？简直掉进钱眼里了！"我一拍桌子，"我创造的共享美味，不是让他这样糟蹋的！"

"真是生财有方啊。"齐世尘感慨，"这就是商人。苏天，你还差得远呢！"

"哼！算了。"我拉住了小陈的手，"他们没为难你吧？"

毕竟，小陈跟了我很多年，我很喜欢这个小姑娘，将她当成自己的妹妹一样看。

"没有没有，"她显然为了不让我担心，收起了那丝忧愁，"只是把我调去了空闲部门……"

我松了口气。小陈是无辜的，还好没受到连累。

"对了，有件事要问你……"

"神秘果"的事情，小陈不知道。她远离公司核心，只偶尔听人说，那个项目赚了很多钱。

网上的热度也很高，很多人说过瘾，一传十，十传百，几乎每个人都试过了，而且还想不断再试。一百元只能尝两次，许多人已经在这上面砸了十几万了。

"这不就是……"我们三人心里都冒出同一个词，但是如果是那个，性质又完全不同。

话题越滑越远，小陈及时扭转了它："天姐最近和齐先生在一起么？"

"什，什么在一起啊！"我们俩异口同声，"我才不会看上他呢！"

"哈哈……因为两人很配呀！"

"小姐，你知道全球有多少女孩做梦见的都是我吗？"他捋了捋刘海，"苏天？呵……光是做菜的技能就没资格站在我身边！"

"哇！我第一次听人说天姐做饭不好吃的！"

"是么？来，我做一盘菜给你吃……"

眼看两人越走越近，我猛地将他们推开："行啦！小陈我告诉你，这家伙真心不是好东西！嘴巴贱，脾气差，还自恋！"

"这不是在说你吗？"他挑眉。

"你还想不想查清自己的冤屈啊？"

听见这个词，小陈睁大眼睛，捂住了嘴："冤……屈？"

"原来，齐先生是被冤枉的啊……"

听完事情的经过，她陷入了沉思。可是我们现在也没有线索，只能先养活自己，再想办法查明真相。

小陈离开了。

下午，我们又下去做了一会儿匹萨。生意勉强能回本，客人确实很少。很多人来，也只是为了看齐世尘。

"好累啊……"

真的好久没有这样劳动过了，我感觉浑身都要散架了，回家倒头就睡。他倒是很绅士地替我榨了杯橙汁放在床头："喝完了自己洗杯子，我去睡了。"

这个夜晚很安静，因为劳累，我迅速入睡。

忽然，一阵瓷器的破碎声惊破了梦境。

我睁开眼，客厅没有开灯，但是屋子里有打斗声。

齐世尘的声音传来："苏天，快跑！"

我冲出卧室打开了灯，客厅里赫然有两个缠斗在一起的人。那是个消瘦的青年，褐色头发，十分眼熟！

他好像是……

"跑啊！愣着干什么！"

齐世尘正试图从他手上抢过刀！

——这人想干什么？

他让我跑，但是跑有什么用啊？我抄起厨房的平底锅，对着那人的脑袋就是一下。

不是我吹，能当大厨的女人，臂力全都可以参加举重。这一锅下去，那小子直接倒地，再醒来的时候，已经被我们结结实实绑在椅子上了。

链子是安迪提供的，我也不想问他怎么会有这种东西。这家伙就住在楼下，也被惊醒了，抱着粉色独角兽的抱枕，在旁边打哈欠。

"你确定看到从驾驶座爬出来的是他？"

"是。原来记不清，但是看到人，我很确定就是他。"

安迪打断了我们的话："哎哟，你们事情多不多啊？再这样下去，涨房租！"

"行了，先问话吧。"齐世尘捂着胳膊，他受伤了，还好不太重，"小李，你为什么做这件事情？"

他认识小李，这是他的司机。所以，这个人可以大胆把指纹留在车上，不戴手套。

那小青年咧嘴笑，让人十分不舒服："你们报警好了，顶多算我入室行窃。"

这是不准备说了？

我拿着菜刀过来，把他绑住的胳膊往前拽，双手放膝盖，然后举刀，狠狠下劈。就听见一声大叫，这人的裤裆湿了。

我的刀锋准确停留在他的手指和膝盖中间，削掉一片指甲。

"是啊，你入室行窃，我们正当防卫。"我晃着刀，"说！"

"我说！我说！"他扯着嗓子，努力让椅子远离我，"是，是共享美味的人找到我，让我们嫁祸给齐哥的！"

"什么？"

012

今夜，同样也是那个人联系他，让他来灭口。

"我就……就一个愿望……"他的声音不断颤抖，"能……让我尝尝那个神秘果吗……两小时没尝了……有些受不了……"

"又一个上瘾的。"安迪翻了个白眼，扭着腰指指外面，"我们理发店里也有两个小孩，这段时间吃这个，工资今天发，明天就花完了。"

是啊，这东西不是毒品，但是，却能让人上瘾。

它只是一种"味道"。

我们决定去找"那个人"。

根据小李的说法，那个人是在自己家里见他的。

深夜，我们驱车到了目的地。这个地方的灯还亮着，是一栋市中心的豪华别墅。就是我之前的家。

我们走进院子，那人正躺在泳池边的椅子上，喝着一杯无色的水，口中咀嚼着的，应该就是共享美味。

见我们来了，对方坐了起来，将口中小方块吐进水里。

"果然，那个司机没有给我回信，应该就是失败了。"她微笑道，"天姐，不用紧张，你们没法拿我怎么样，所以，我也不会拿你们怎么样。"

"为什么要这么做？"我努力压抑着快要爆炸的情绪，看着这个我曾经最信任的助理，"陈文君！是为了钱吗？"

陈文君耸耸肩："没错，就是为了钱呀。"

"……"我们都哑口无言，还以为会有其他的周折，没想到她居然承认了！

"明明是个可以多赚几千倍的项目，甚至可以通过味觉控制一些重要人物……结果，天姐，你居然只想把它做成美味分享平台？"她打了个大大的哈欠，一脸不耐，以往那种淑女的表象荡然无存，"什么'当作自己的妹妹'，什么'钱只要够花就好了'……我听得都想吐了。"

"美食不是让你用来控制人类的东西！"

"控制？我没有控制啊，难道共享美味是毒品吗？根本连实体都没有，只是通过传感器、通过释放化学物质直接影响神经，让人获得欢悦感……会让人心力衰竭吗？会让人呼吸衰竭吗？美食本身不就是一种让人获得欢悦感的东西吗？我只是把这种无害的快感放大了几百倍罢了。"

她是什么时候控制董事会的？用那种味道吗？先是控制董事会将我扫地出门，然后再干掉对共享美食有恶评的齐世尘。在知道我们正在调查齐世尘被嫁祸的事情后，她居然决定杀了我们！

"喏，天姐，你看。"她笑声清脆，指指别墅里。透过巨大的落地窗，可以看到里面恐怖的景象——十几个西装革履的董事，全都和狗一样趴在地上，争抢地上的一块传感器。

"……你不怕后果吗？"齐世尘厌恶地收回眼神，只要是个正常人，看那种景象都会反胃。

"后果？"她无辜地睁大了眼睛，"我没有贩毒啊？只是这种美食的味道实在太好了。如果这也有罪，天下所有餐厅都可以关门了吧？吃了一次火锅，就想吃第二次，吃了一次生鱼片就想吃第二次……"

"你想杀了我！"齐世尘大喝一声，快步走向她。

小淑女尖叫着，用小碎步躲到遮阳伞后面。一旁的僻静处冲出数名保镖，将我和齐世尘压倒在地。

"杀人？什么杀人？"她假装被吓得瑟瑟发抖，旋即笑了，"我可不知道什么杀人呀。你们大可报警，那个司机顶多承认自己是入室盗窃。"

"……是吗？"

我被摁在地上，仰起头看她。就在这时，别墅外传来了警笛声。

陈文君微微怔住，随后吐吐舌头："讨厌，天姐拿警察吓唬人家。你们用什么罪名告我？做的东西太好吃了？"

"不，"我摇头，"买凶杀人。"

013

一小时前，阁楼中。

我们围着桌子坐下来。小李被解开了，他的面前放着一碗菜。

很简单的奶油炖菜。

"你已经很久没有直接用舌头试过味道了吧？"看着这个人骨瘦如柴的样子，我们就知道，他肯定为了尝神秘果花完了钱，每天只能吃白米饭和白开水，"吃吧。"

"……我不会招认的。"他的手颤抖着拿起勺子，咽了口唾沫。热腾腾的炖菜，香喷喷的奶油，那股香气，让安迪都走神了，"我……只是入室盗窃……"

当他塞第一勺入口时，还能坚持这样说。

当第二勺入喉，这个人哭了。

"……好吃，"他哭着说，"比神秘果更好吃……为什么……"

"一下子就戒了吧？"我和齐世尘站在他对面，异口同声，"这就是真正的美食。"

美食可以怎么去影响人？

冷热度，冷热度影响着香气。周围的环境，美食的颜色，摆盘……

温柔的法式白瓷盘，温柔的奶白色，当汤的温度到五十度，撒上罗勒和香芹叶子，既挥发最柔和美好的香气，又保留了香草可爱的颜色。

美食，是一种艺术。

我曾经记得，后来误入歧途，将它抛到脑后。可是，齐世尘和我一起将它重新捡了回来。

美食是一种爱。爱可以抚平一切，这是传感器无法做到的。

这就是为什么，美食明明没有任何存在的实际意义，却从人类文明发展开始，便传承至今。

他在电话中，向警方承认了所有的事情。

014

这个夜晚，因为买凶杀人，陈文君被带走了。但是对于神秘果应该如何定性，社会上存在着一种争议。美食其实就是通过味道刺激神经，而她不过是通过程序，无限放大了这种刺激。如果这种行为本身是错的，那么将来万一有一个厨师做出了类似的美味，这个人也有错吗？

"如果是带着爱的美味，那就是无罪的。"一个俊美得好像在发光的男人坐在电视机前，发表他的看法，"而她显然只是为了钱。"

齐世尘复出了。

而我也重新回到了共享美味，用美食治愈了被神秘果弄到失去神智的董事们。

一切似乎回到了故事的开始。

夏末，我穿着鲜亮的吊带裙，脚步轻快地走过商业街，身后的新助理提着巨大的购物袋。唯一的改变，大概只是我不做指甲不涂香水了。如果做菜，也会提前卸妆。

商场的 LED 巨幕上，放着齐世尘的节目。

主持人问，是什么让他坚持下去，为自己洗清了冤屈？

"一定要说的话，是一个很糟糕的厨师，她给我做了一碗超级难吃的奶油炖菜。"他大言不惭，"一想到以后要吃那么难吃的东西，我就必须追查到底。"

这个人，好不要脸！

我站在屏幕前五官抽搐。

"……但是，"他的笑容忽然柔和，"我对共享美味的看法改变了。她是个勇敢、善良、自信的人。在一开始，她也想借助美食，去爱这个世界。共享美味是她竭力创造的一个办法，我原以为她是为了钱……是的，它尽管不完美，但是，这却是一份纯粹的爱。"

在镜头前，他拿出了一根采集味道的传导针，轻轻贴在自己的双唇上。

"如果可以，也请你感受我同样纯粹的爱。"

END

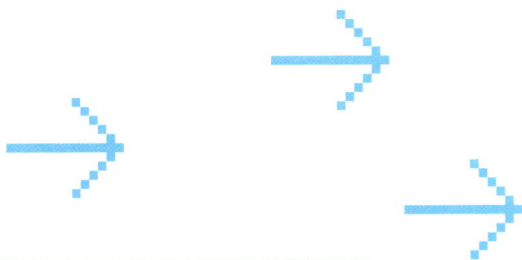

PART THREE

极度烧脑

工作的同时想摸鱼怎么办？当然是先摸鱼啊。摸鱼的灵感转瞬即逝，过了就不回来。但工作不一样，你做不做它都在那儿，永远不离不弃等着你。

——睿智人生导师
@扶他柠檬茶

环脑
HUANNAO

001

白头发的孩子指着壁画:"上面是什么,为什么头上有一个光环。"

"那个是天使啊。"妈妈抱着他哄,"天使的头上都有光环的。"

孩子:"我也有。"

周围的大人都笑了。妈妈亲了亲他:"对,阳阳是个小天使。"

"不是啊。"他想。

——因为他的头上,真的有一个光环。

002

妈妈在这个孩子的眼中,偶尔会是其他的形象。

老师让同学回家记录一件父母儿时的趣事,妈妈说起小时候进教室的糗事。忽然,在孩子眼中,妈妈变成了一个十二三岁戴着红领巾、穿着校服的小女孩,或者更小,甚至变成了一个襁褓中的婴儿。

母亲在厨房替他做早饭,穿着一套藕色的居家服。电视新闻里在报道一起杀人案，孩子看着屏幕，混沌安静的世界里终于有了关于"死"的概念。

厨房里的母亲此刻倒在地上，穿着一件鲜红的长裙，身体被什么碾成两段。尸体迅速腐烂为骨，而母亲的声音还在继续。

"妈妈！"他说，"我看到你死了欸。"

妈妈看了眼电视，有些不满地将新闻关了。

"不可以随便说人家死之类的话，很没有教养的。"

可是，他真的看到了母亲的死亡。

003

助理在喊他，白阳终于从神游中恢复过来。在简单补妆之后，他们离开了保姆车。

今天的戏份要开拍了，知道白阳要来，所以拍摄点外围了许多探班的影迷。大热天的，演员都穿着古装，戏服的劣质布料像个蒸笼将人闷在里面，副导演和妆效组一直在吵吵嚷嚷，抱怨着汗水下的脱妆影响了拍摄。

今天有高温预警，但却都是露天戏，哪怕有一台移动制冷器对着吹，整个人还是像从水里捞上来的一样。女主演和一个男配中暑了，拍摄只能暂停。白阳知道导演要去骂人了，他走远些，到替身组找老同学聊天。

朋友是替身组的负责人，正在和一个穿着古装的男人说话。这人和男二号长得有几分像，人高大健壮，像个欧美肌肉男模。

朋友给他介绍："白哥，这是男二新来的武替，叫朔哥。林朔，待会儿你要和白阳对戏的啊，千万控制好力度……"

可是他们俩都没有听朋友在说什么，只是呆呆地看着对方。

因为他们都能看到，对方的头顶和自己一样，悬浮着一个光环。

004

白阳念初一的时候，有一天体育课，班主任忽然来了，神色凝重，喊他去办公室。

——妈妈参加同学会的路上遭遇了车祸，一辆卡车从她的身上碾了过去，把人碾成两段。

她那天穿着白色的长裙，在太平间看到的时候，裙子已经完全是血凝结后的暗红色了。

小的时候，白阳就是个怪胎。先天性的白化病就让这个孩子足够引人注意了，他还每天说自己头顶有一个悬浮的"环"。

孩子总是有很多的幻想，幻想自己是天使，是剑侠，是各种神话传说里的主角……长大些之后，他就明白了，别人看不见这个光环，只有他自己能看见。

如果要说和其他人有什么别的不同，那就是他可以看到一个人的一生。

——从生到死。

这个人出生是什么样的婴儿？五岁是什么样？十五岁是什么样？八十五岁是什么样？她或他死的时候是什么样？

白阳全都能看见。

他今年二十四岁，全国最炙手可热的男明星之一，浑身雪白，身形纤细，满足人类对于精灵或者仙人的所有幻想，有着一种神性的美。但每次看到有人评论他是天使的时候，白阳的太阳穴都会狠狠一痛，想起母亲的死状。

自己头顶这个悬浮着的光环，到底是什么？

005

林朔和他有过一样的烦恼，不过没有他那么敏感细腻。

"朔哥是真的厉害，好不容易请来救场的！"替身组的负责人和白阳介绍他。

"全国武术冠军，少儿、青年、成人组全都拿下过，出国拿过全球格斗冠军，为国争光的。男二那个武替不是骨折病休了吗，我卖个人情，请朔哥来救个场……"

——林朔的头顶，也有一个光环悬浮。

林朔："你能看到……"

白阳："你也能？"

两人同时点了点头。紧接着，林朔做出了一个让人惊愕的举动——他打了白阳一拳。

白阳就觉得左脸一阵剧痛，整个人被打翻在地。周围顿时骚乱起来，朋友一把就将林朔架住："朔哥？！"

林朔也傻眼了："我以为你能看到？！"

白阳躺在地上，眼前发黑。他觉得，他们俩之间有什么误会。

006

剧组和经纪人全都大发雷霆，白阳立刻被送去了附近的医院。这一拳把他打出了轻微脑震荡，他身边的人不断从婴儿到白骨变换着，仿佛一出荒诞剧。

不过他坚持不许追究，说只是练习武戏失手而已。

第二天，朔哥到白阳的保姆车里赔礼道歉，经纪人是个胖胖的大姐，白眼都要翻上天了。朔哥在格斗擂台上能够一夫当关，在大姐面前只能小鸡啄米。

白阳把她支开了，车里就剩下他们俩，看着白阳半边淤青充血的脸，傻大个终于有些不好意思了。

"你看不到？"林朔马上按捺不住心里的疑惑。

"我之后要做的事情，你看不到？"

白阳拿冰袋捂着脸，神色恹恹："我只能看到你十三岁的时候额角有道疤，十六岁的时候右边锁骨骨折了……"

林朔呆住了，头上的光环随着情绪微微明灭。

白阳："恐怕，我们俩能看到的东西不太一样。我能看到一个人过去和未来的样子，而你能看到的，是他过去和未来的行为吗？"

朔哥："没有特意研究过，反正就是能看到这人几秒钟之后即将要做的事情。"

几秒钟，在格斗领域就是决定生死的差距。林朔有这个能力，难怪能一路卫冕。

007

朔哥不像白阳目睹过母亲的死，他也从未研究思考过这种能力，就觉得打比赛的时候特别方便，让他百战百胜。

朔哥还让白阳看看，他死的时候大概是几岁。

白阳："我觉得我和你的智商差距大于我和黑猩猩的智商差距。"

朔哥："啥意思？"

白阳："……这不是闹着玩的。"

朔哥："啊？不就和那种'看看你八十岁的时候是什么样'的恶搞相机一样吗？"

他一时居然想不出反驳的话。人一旦知道自己的死期和死因，心态会很不一样，但是，林朔可能根本没有那条神经。

他看着眼前的林朔，紧接着，男人的身上出现了几个弹孔，但是血色很快淡了，他的尸体伴随着腐烂，缠满了水草，白骨上爬满藤壶……

"怎么样？"尸体还在催促，"我活到几岁啊？"

白阳："……你很快就会死，而且，是被人杀死的，居然不是蠢死的……"

他仔细研究过自己的能力，能够从变化之中大致判断出那个人当时的年龄。如果判断无误，那么，朔哥的死期很近了。

林朔显然还不相信："杀我？难道因为我不当心打了你，你的粉丝就……"

白阳："不要用你的智商来衡量我的粉丝好吗！"

保姆车的冷气又坏了，车里闷得难受。他拉开了车窗。林朔完全不在意自己的死亡。

"架子摆那么大，当自己大明星呢？保姆车为什么质量还那么差啊？"

"莫名地羡慕这种人啊，肌肉发达，头脑简单……"白阳心里想着。

这样想着，看见玻璃反光中的自己，却发现了异常。

——他的身上也有弹孔，尸体在渐渐腐烂。

008

他也会死？

白阳曾经确认过自己的死期，他的寿命大概是八十六岁，寿终正寝。

可是，如今他的死亡时间提前了，死亡方式改变了——和林朔的死法一模一样。

他们的相遇，改变了未来？

经纪人的敲门声打断了他的思绪："白阳，我们要走了。"

昨天那一拳把白阳的半边脸打成淤青，在雪白的脸上格外刺眼。这个月肯定是没法拍戏了，白阳为了让他们别追究朔哥，自掏腰包把违约金补齐了。

经纪人搞不懂："你和那个武替是老相识？"

白阳算着违约金，咬牙切齿："不，是仇人，来找我讨债的。"

车开远了。透过车窗，他依然能见到在朔哥头上悬浮的光环，就和自己的一样。

他们下一次见面，不是在片场，而是在警察局。

白阳半夜在高架上超速飙车，连人带车被扣。关进去的时候，旁边还有一个隔间，里头一个人戴着手铐，被反铐在椅子上。

那人一抬头——林朔。

朔哥："真有缘啊，我是酒吧喝了酒打架被关进来的，你呢？"

白阳懒得理他。深夜了，不知道经纪人什么时候过来捞人。看守所里安安静静的，只有一个值班小警察。

朔哥还带着酒兴："喂，大明星，和你说话呢。怎么着？看不起我？"

外面有什么响动，白阳侧过头，发现远处值班台的小警察不见了。又有一个人走向他们的铁栏，穿着警服。

朔哥："知道了！不就是让我们安静点吗！烦不——"

他的话戛然而止。

因为这个警察并不是值班台的警察，而是个陌生脸孔。

他的手上拿着枪，枪口对准了林朔。

009

说时迟那时快，林朔直接带着那把椅子跃了起来，朝着铁栏外面狠狠撞去——椅子的四脚穿出铁栏间隙，精准地打在假警察的身上，直接将人打翻在地。

朔哥的双手动着，很快就用铁丝解开了手铐，看起来驾轻就熟，不知道这是第几次酒后闹事被抓了。

白阳："小心，他站起来了！"

刚好，林朔摆脱了手铐和椅子，躲开了接下来的子弹。这人学聪明了，站远了开枪，但却根本打不中——林朔能预见到他下一次开枪的位置，拆下了椅子上的木质靠背，像掷回旋镖一样狠狠掷向这人，正中眉心。

这人当场就倒了下去，多年习武的人在紧急情况下的全力一扔，和打白阳的那一拳完全不是同一个重量级的。

林朔撬开牢门，把惊魂未定的白阳拖了出去。

"现在酒后闹事的处罚这么严厉了？"

白阳摇头："不，他是来杀我们俩的。警局外面有条人工河，枪杀后直接扔进去……"

林朔："为啥？我不认识他啊。"

白阳指指他们头上的光环："我觉得，可能和这个有关。"

就在这时，门口又进来了几个人。林朔抄起地上那人的枪就瞄准，白阳已经看到这些人接下来变成尸体了。

"等等！他们可能是真的警察！"

几声消音器的响声，几个人都倒在地上不动了。朔哥指指自己脑袋上的环。

"我都看到他们五秒后拔枪了！"

010

两人逃离了看守所，那地方已经不安全了，白阳找了块布把头发和脸都蒙了起来，打了辆车。

林朔："大半夜的你干啥呢，担心河里爬出粉丝来找你要签名？"

白阳没有管他的垃圾话，飞快用手机记录着现有的线索。刚才他用最快的速度把袭击者的一生都看了，这些人有一个共同点：他们都曾经在二十岁到二十五岁之间有相同的打扮——穿着西装，别着工作证。他们在一家海外公司就职过，担任安保。

M—O—N—I……

手机搜索的结果显示，摩宁顿实验室是一家位于欧洲的生物研究所。

他正想把这个消息告诉林朔，抬头却见到林朔的胸口有个弹孔，正在向外流血，再低下头看自己的胸口，同样有个弹孔。

在不久的将来，他们又会遭遇枪击而死？

他轻声说："林朔，我们会死。"

车在夜晚寂静无人的街道上行驶，似乎越走越偏。林朔这次沉住了气，轻声问："看一下司机待会儿死不死？"

白阳看了一眼，点头。

"司机的死亡也很快，脖子被人折断了。"

"好。"话音刚落，林朔突然暴起，从后面环住司机的脖颈旋转，就听见清脆的一声"咔啦"，不过三秒。

一把枪从司机的手里掉了出来。

朔哥扔开尸体，松了口气："我看到他在下一个红绿灯准备拔枪了，但是我们距离太近了，不确定动手是输是赢……"

011

白阳再次确定了一下，他们接下来还会遇到枪击，但是林朔至少在三个月后，白阳则是五个月后。

朔哥在超市买了瓶啤酒，直接对着瓶子吹。

"行，至少咱们配合好，躲过了两轮。"

无论是他还是林朔，如果单凭自己的能力，是根本无法躲过去的。白阳能看到人的生死，那是"结果"。而林朔能看到的则是这个人接下来的行为，无法预见到结局。

"但是我挺意外的。"朔哥挠挠头，"离下一个红绿灯其实还有三分钟的路，我居然已经能看到他在三分钟后拔枪了……以前我只能提前三到五秒。"

白阳思索片刻："你是不是从来没有研究过这种能力？"

林朔："没有，我又不是动脑子的料。"

白阳："你能看到我十分钟前做的事情吗？"

林朔愣住了，盯着他看，突然睁大了眼睛爆了句粗口。

——没错，能看到。

就如同白阳的能力可以看到这个人过去和未来的样子，林朔其实也是同样的，可以看到这人过去做过的事，和即将做的事情。只不过，这人头脑简单，从来没有研究过，只是把它用在比赛上，用来预判对手的出拳而已。

白阳突然拉住他跑出便利店，回到了他们藏车的小巷。他们把出租车开到了这儿，然后把尸体藏在后备厢里。

朔哥说："你干啥啊，我保证那人死透了！"

白阳："我要你看他过去做的所有事情，这样，我就能弄清是谁要他杀我们的！"

朔哥一拍大腿："有脑子的人就是不一样！"

017

第二天，白阳有通告，在电视台的后台补妆时，化妆师很担心他的脸，先天性白化的皮肤本来就很脆弱，虽然靠着贵得离谱的护理暂时把挨打的后遗症减轻，可是脸庞的浮肿仍然很难遮掩。

就在这时，他接了个电话。不知道说了啥，回来暴跳如雷。经纪人大姐也只敢在门外偷听。

"——他一个月撸了几次这种事情你去记他干什么？！要知道他从哪儿来，谁派他来，怎么找到他的上级！给你动切颅手术是不是还要用显微镜啊？！"

电视台其他人都一脸无奈地等在休息室外面，经纪人揉着眉心，恐怕白阳耍大牌这种负面新闻又需要准备公关了。

夜里凌晨三点，白阳结束了所有的应酬，精疲力尽地回了家。他一累，头上的光环亮度也降低了。

他独居，没空料理家务，保姆要周日才来，所以除了周末，整个别墅里都是一片狼藉。

结果今天回去，整个住处都被收拾干净了。朔哥正围着围裙做夜宵，这人好像刚用完他的健身器，浑身是汗，穿着条紧身运动裤，赤着上身，画面十分刺激。

遭遇袭击之后，两人暂时约定，林朔搬到白阳家。白阳住的别墅区安保严密，他天生敏感，所有的玻璃在很多年前就全都换成了钢化玻璃。

环脑

就算拿了无数个格斗冠军，可因为林朔那种今朝有酒今朝醉的性情，身边没啥钱，还在和人合租。白阳给他改善了一下住所，林朔也不是没心没肺的，练武的人都有点江湖情节，朔哥够义气，大丈夫不拘小节，全包了家务。

白阳累得瘫在沙发上："你今天全都看完了？"

朔哥："我大概看到他交接任务的时候了，结果有警察注意到这辆出租车了，我就跑了。"

白阳："你知道他在哪儿交接任务的吗？"

朔哥："国外，不知道哪儿。"

白阳："……我今天累得没力气说你，明天再说。"

摩宁顿在欧洲的 A 国，白阳只好姑且把这个不知道在哪儿的地方定在 A 国。根据朔哥的说法，他那时听见"司机"说一口鸟语，手里多了个文件袋，文件袋里面装着他们俩的资料。

判断失误了。

朔哥的能力有局限性，并不是像是全息影像一样，可以看到与目标互动的人、事物以及周围环境，而是只能看到目标唱独角戏。

换句话来说，今天整整一天，林朔就对着个车后备厢的尸体看，这个任务也挺惨绝人寰的。

白阳对自己的能力掌握熟练，他觉得他们的能力就是"环"——每个人的人生都是从生到死的一个环，而他们则可以看到其中的任何一个节点。他看到一个人外貌的大致变化，而林朔看到一个人一生所做的事……

为什么会这样？

他们的能力有差异，而且这种差异异曲同工，是什么形成了这种差异？

林朔的声音打断了他的思绪："哎，你又一个人瞎琢磨啥呢？"

白阳："别吵。"

"嘿！我还就不服气了！"那人故意把椅子拖出刺耳的声音。

"都救过你那么多次，你还给我鼻孔朝天？"

白阳叹了口气："你有没有觉得，我们俩的能力好像都不完整？"

林朔："没觉得。"

白阳："……当我没问，你别吵。"

从之前逃脱追杀的配合来看，他有种强烈的感觉：他们俩的能力单独来看都是不完整的，但是如果配合在一起使用，就会好用很多。林朔可以看到敌人下一刻的行动，白阳可以跳到下一个节点看结果……

那么，这个世界上还有没有其他拥有"光环"的人呢？

014

两人坐在飞机上，等待起飞。

白阳："我一直在想，为什么当我们俩相遇之后，追杀就开始了？"

朔哥："啊？我怎么知道？"

白阳深吸一口气，头上的光环因为火大而发亮："难道不是之前干掉我们更加轻松吗？你压根不会好好用能力，我的能力也无法精准预测接下来的事情，为什么要等我们碰头了再来追杀，强行提高难度？"

他看向两人头上的光环。当他们靠近的时候，光环和光环也会变化——它们就像小动物一样，互相倾斜、靠近，碰触彼此。

朔哥把餐包咽了下去："更亮了呗。"

白阳又想塞一个餐包让傻大个闭嘴，可忽然愣住了。

朔哥指指光环："你看，你一个人顶着个日光灯管，我半夜隔着三百米才能看见你。现在又来了一个，两个日光灯管，这不就更亮了？八百里外都能看得见。"

朔哥："我开玩笑的哈。"

更亮了？

白阳心里有一种诡异的感觉——林朔的话可能是对的。

白阳："假设你说的是对的，那么，这个世上至少还有一个和我们一样头上有光环的人，而且，这个人想杀我们。"

朔哥："啥意思？"

白阳："这个人头上也有光环，而且也能看得到我们的光环。出于某种原因，他想杀我们，于是一直在找寻我们。但是原先他找不到我们，接下来就如你所说，我们俩凑到一起，'亮度'足够让他看见了，于是，追杀开始了。"

015

飞机降落在 A 国小巧的飞机场。这是个东欧小国，经济萧条，航班稀少。不知是不是宗教信仰的关系，这里到处都能看到头顶光环的天使装饰。

林朔把白阳的帽子拿了下来："都到国外了，你可以别遮遮掩掩了，没疯狂粉丝了。"

白阳重新将帽子戴上："我怀疑那个人的能力可以远程发动。"

林朔："啊？"

他们俩只能看到面前的人事物，可这个人如果能通过两个"天使"相聚的光环亮度来锁定他们，或许能够远程看到他想看的。

他能调动大量的战斗力跨国进行追杀，拥有稳定的财力和权力……不，他不一定只是单独一人，背后很可能有一个组织。如果这个人的大本营在 A 国，那当他们着陆之后，追杀肯定会紧随而来。

白阳对林朔尽可能简易地把这套逻辑解释清楚，那人想了半天，决定不想了："动脑子的事情全都交给你吧。哎，看不出啊，我还以为演员全都有脸蛋没脑子……"

在这个行业，没脑子怎么可能活得下去！白阳简直被他气到窒息。

公园里有许多露营的外国人，两人混在里面。

白阳说："你别忘了这次的行动目标。"

"知道了，知道了。"林朔环顾周围的人，不停地确认他们接下来的行为。

突然，他冲到一个罗马尼亚人面前，一把将人放倒。

白阳："是他吗？！"

朔哥："哦哦，他和杀手没关系，我就看他之后打算划包……"

就在这时，一声枪响，一颗子弹从白阳耳边飞过，打中了旁边的无辜游客。

露营的人群尖叫逃窜。白阳捂着耳朵："林朔，抓一个活口！"

林朔已经冲向了开枪者，空手夺枪，一拳放倒。

他们趁着混乱，把人拖上了租来的车，开到僻静处。这是个金发青年，冷冷地看着两人。

白阳用外语问他，他戏路宽，时常出国拍戏，公司要求他必须学两门外语。

青年不回答。

林朔说："你起开，我来问。"

白阳："你说的中文他听得懂？"

但他还是被朔哥轰出了车，车门一关，就听见里面鬼哭狼嚎一样的惨叫。车门开了，林朔擦着手上的血出来。

"行了，他现在连温州话都听得懂了。"

根据这个杀手的说法，他不是职业杀手，只是负责摩宁顿实验室安保的雇佣兵，他为"天使"服务。

朔哥："然后就问不出什么了，再打就要把人打死了。"

白阳揉着眉心。他们回到了市区，这个萧条的国家让人很不舒服，街上的一切都是灰扑扑的，每个人的神情都呆滞冷漠。

如果杀手的老板是一个"天使"，那就证实了他的猜测，这个人也有光环能力。

林朔百无聊赖地蹲在地上，用蹩脚的英语和旁边一个妹子搭话："Do you know a...angel?"

妹子淡淡看了他一眼，然后居然点头。

无聊的人遇到了一个更无聊的人。白阳的头更疼了。

接着，妹子拿出了包里的一个挂饰，是铜雕，上面有一对男女，头上都有光环。

什么意思？

白阳："他们是谁？"

妹子："天使，这个国家和世界的主人，你们难道不是为了皈依他们，才来到 A 国的吗？"

又问了七八个人，他们得到了同样的答案。

这个国家，几乎每个人都信仰并且崇拜"天使"。天使是两个现实存在的人，一对姓摩宁顿的双胞胎兄妹。

而且，人们每半年都能在Ａ国的大圣堂亲眼看到他们，聆听他们口中诉说的世界的真实。

下一次"朝圣"，是三天后。

大圣堂里，已经人山人海。

两人靠着林朔的体格，硬是挤到了靠前的位置。灯火照亮了璀璨的彩玻璃，让每个人都显得神采奕奕。

"这根本就是邪教吧？"白阳听见林朔抱怨。

"这人待会儿一声令下，直接让这群人打死咱俩怎么办？"

白阳："所以，他们会吗？"

林朔确认了这群"教徒"接下来的行为："呃，不会。"

白阳："我刚才想了个计策，如果执行正确，我们就不会死。"

林朔："你确定？"

白阳刚才想了三十多个策略，只有模拟其中一个的时候，眼中看到的两人才不会死。

这时，大圣堂里响起了欢呼声，在人们激动的喊声中，帷幕后走出了两个容颜相似，穿着白色长裙、金发碧眼的年轻人。

他们的头上，都有光环。

018

阳光透过彩玻璃落在他们身上，这是一对双胞胎兄妹，金发碧眼，皮肤雪白，穿着古典油画中的圣徒纯白长裙。他们俩能看到兄妹头上的光环，可是和自己的不同。

——环被切割成了两半，这两个人头顶悬浮的，都只有一个半圆的光环。

四个人的目光撞到了一起。可是台上的两人并没有因为看见了"同类"有任何反应。在人们的欢呼声中，他们开始宣布自己预见到未来会在这个地球上发生的事情。

地震、龙卷风、海啸、战争……

每一个信徒都仰着头，眼中闪烁着虔诚的光。而白阳的背后一片冷汗，他隐约明白，这对双生子的能力是什么。

——万事万物，过去未来。

但是，现在不是发呆的时候。

他看向双胞胎，想确定对方的死因和死期。然而，两人的结局是消失。

"林朔。"白阳喊了他一声，"这次不能胡闹了！"

朔哥咧咧嘴，也很认真地在看两人，难得严肃，白阳给他的任务有些严峻。

朔哥："呼！好了，纸条给你。"

纸上用歪歪扭扭的潦草字迹写着：左十二步，右五十七步，坐姿大约十五分钟……

林朔在通过他的能力，倒推双胞胎从住处来大圣堂的路线。

白阳："你的字真丑。"

019

但是和白阳一样，林朔如果想看双胞胎之后的经历，也只能看到两人突然消失。

林朔："哎，咱们真的要直捣黄龙啊？你能把路线还原出来吗？"

白阳用手机当计算器，在一张 A 国市内地图上写写画画。

"你闭嘴……刚才算到哪来着……哦，市内每分钟 3~5km 的时速，车辆右转……"

林朔："我去，自己都开始跟着骂脏话了，还瞧不起我？"

白阳："行了！找到了！这地方是……摩宁顿实验室？"

A 国的经济在四年前开始雪崩，如今全国经济萧条，摩宁顿似乎是当地唯一还能够成为支柱的企业。

他们沿着那条路线，停在了安保严密的铁门口。里面全都是真枪实弹的雇佣兵，就算是林朔也无法突围。

朔哥："有两人待会儿要出去抽烟撒尿，要不我们干掉他们，咱们穿他们的装备混进去？反正这群人又是墨镜又是围巾又是鸭舌帽……"

白阳："我已经看到他们会打几个月的石膏了，干掉他们。"

两人成功混进了摩宁顿实验室的园区，开始了最后一段路程。

在一栋银白色的实验楼的地下三层，一道掌纹加虹膜检测的铁门横在了他们面前。

白阳也束手无策。

"唉。"朔哥点了支烟，"道高一尺魔高一丈啊。"

烟雾袅袅飘上去，突然，头顶烟雾警报器鸣声大作——门开了。

070

这间实验室里，几乎空无一物。在空旷的中心，伫立着一个十字架。

一个男人被钉在这个十字架上。

两人都吓了一跳，可是随后发现，这个人有异常——之所以先入为主觉得他是男人，因为他没有头发和乳房，他的身材适中，可是身上找不到任何的性别特征。

朔哥："这是什么？人妖？"

这个人的面色平和安详，五官说不出特征，眼睛静静睁着。白阳咽了口唾沫，试着伸手碰触了他。

冷的，没有体温。

等等！他发现了什么！

"这人好像也有光环！"

朔哥眯着眼："真的有……但是好淡啊。"

与其说这人头顶的是光环，还不如说是一圈淡到看不清的光晕。两人靠近时，他们头上的光环像是受到了刺激，拼命向这人头顶的光晕靠近。

白阳："这到底是什么东西……"

"这就是一切神明的起源。"一个声音从门口传来。

双胞胎和数十名雇佣兵站在他们的身后，面无表情地看着两人。

极度烧脑

021

他们被押了出去，到了顶楼，一处露天餐厅。双胞胎换下了那身圣徒长裙，穿着剪裁精致的礼服，入座用餐。他们头顶的半圆环有一种残缺的诡异。

大概在四十年前，摩宁顿公司的矿物研究部从一块古化石中发现了它。妹妹说他们的中文很标准，甚至可以流利地使用其他各国语言。

"这块化石十分古老，几乎和地球同龄。"

桌边三张椅子，他们请白阳也坐下。朔哥没位子坐，骂骂咧咧："你们穷到没钱买椅子了？"

哥哥厌恶地瞥了他一眼。

妹妹："我们之前的决定有失理智，确实应该这样坐下来，和你聊一聊。白阳先生，你有没有想过，为什么各国的神明和造神行动，都有一些共同点？"

天主与天使的头上有着光环，佛陀的身后有着光环……大部分主流宗教的神明身上，都有着光环。

如果神真的存在，而它创造了人类呢？

当摩宁顿的科学家从化石中找到这个面目如生的怪物时，他们都有一样的想法。

双胞胎的父母也参与了研究。

这个怪物不老不死，伤口会立刻还原，被切下的肢体会重新长出。它像人类，却没有任何性别特征和毛发……

摩宁顿实验室的实验日志这样记载：在一次严重的实验事故之后……实验品有苏醒迹象……实验品的光环碎裂为三段。

那是二十四年前的一天，在反复的实验之中，它头顶的光环突然碎裂了，化为三段，消失不见。

022

那一天，全球有三名孕妇被三块碎片中的某一块影响。白阳的母亲，林朔的母亲，还有双胞胎的母亲，摩宁顿夫人。

她们诞下的胎儿，就拥有这样的能力。

双胞胎："我们称之为'环脑'——观测过去未来，无尽的循环。"

或许因为是双胞胎，他们并无法拥有白阳和林朔头顶的完整光环，只有半圆环，两人必须在一起才能发挥能力。妹妹可以看见所有的时间，而哥哥可以看到世界上的任何一个地方。

过去和未来，山巅或海底……

这种能力不像白阳和林朔可以精准到个人——单个个体在他们看来就像蚂蚁，尽管之前观测到了两人的光环，却无法持续观测。当白阳和林朔相遇后，就如同朔哥的猜测：亮度足够了。

妹妹："我为我们之前的错误道歉，其实我们和白先生并不是敌对关系，在冷静思考之后，我和哥哥都认为，我们双方可以达成圆满的合作。"

白阳："因为我的能力对你们没有威胁，也没有实际的巨大用途？"

"没错。"哥哥走到他身后，替他整理餐巾，手掌环过他的脖子。突然，林朔大喊一声："滚开！"

下一秒，哥哥手里绕着白阳脖颈的餐巾猛然收紧。林朔被其他雇佣兵控制住，只能眼睁睁看着。

还好，对方很快就松开了餐巾。

妹妹："我们都希望有一个完整的环——没有人确定'它'是什么，或许是神明、是生命的先祖、是外星人……但是，我们四个人继承了它的力量，但如果力量分散，就什么都做不到。"

白阳："……你们想做什么？"

妹妹："我和哥哥都只需要一个能精准到个体的预测能力。如果他死，他的光环就能弥补我们的残缺。"

白阳："你怎么确定？"

双胞胎异口同声："我不需要确定。"

073

雇佣兵架住林朔，枪口抵着他的后脑。林朔哪怕预见到对方二十秒后会开枪，可却什么都做不了。

哥哥："你是个明星，有强大的影响力。如果我们合作，你也可以成为和我们一样的神，控制这个世界。"

白阳："所以平时别看那么多偶像剧，什么'明星才是控制邪恶势力的幕后黑手'，明星就是挨打的……我们商量一下，你们放过他，我们四个人一起合作，不是更好吗？"

妹妹："不要，我们已经确定了，这个人毫无合作的价值。"

林朔："大妹子，你要么直接毙了我，你要是让我活，待会儿哥哥就让你看到我有多厉害。"

哥哥皱眉："打飞他的脑袋。"

就在这时，屋内的警报响了。双胞胎："出什么事了？"

结果，好像是那间实验室着火了。

双胞胎互看了一眼，让人把白阳和林朔都带上，去了实验室那边。里面浓烟滚滚，还有蛋白质被烤熟的味道。

妹妹尖叫一声："它——"

火海里，一个人影向外走来，它的头上，有一个刺眼的光环。

074

双胞胎当时看到的未来，是建立在白阳和林朔都死亡的前提下。

两个人死了，兄妹获得了完美的强大能力，成为世界的神明。但是，这两个人没有死。

未来就因为这一次又一次的意外，改变了。

当时，白阳和林朔来到实验室时，林朔就预见到，他们接下来会被摩宁顿的人带走。

怎么办？

被带走已经是注定的了，可是，是不是还有机会回来？

烟雾报警器给了白阳一个神奇的灵感，他让朔哥把所有的烟都拿出来，挑了一支烟当引线。烟盒扔角落，这样，大约十分钟后，整个烟盒都会烧起来，弥散出浓烟。

当然，烧成这样确实是出乎意料，恐怕是烧坏了氧气管导致的火灾。

它在火中苏醒了，他们不知道接下来会发生什么，所以四个人都不约而同地开始使用能力。

突然，白阳感觉自己消失了。

他好像来到了一个弥漫着柔纱般纯白的世界，有着诡异的哼唱声，听不出旋律，有人形的影子在柔纱后摇曳。

柔纱汇聚成了一团人影。

和其他人影比起来，这个人影很小，它飞快长大，接着又蜷缩成一团。

它团起的身影成为一个球体，又化为一小块黑色浓雾。

白阳试图看清浓雾，却坠了进去。

白色人影的身体组织在黑色中散布，星星点点。

不，那就是星星。

一颗又一颗的星球。

有双臂星系、星尘团、单臂星系……

他找了很久，都无法在里面找到自己熟悉的那颗蓝色星球，太困难了，就像从一亿粒芝麻里面找一粒芝麻。

他回到外面的那个世界，新的白色人影诞生，旧的白色人影蜷缩，化为一个宇宙。

一个又一个的宇宙。

地球所处的宇宙只是这亿万个宇宙之中的一个宇宙，这一个宇宙里亿万颗星球里的一颗。

人类是全宇宙唯一的拟神类智能生物，继承了这些白色人影的一小部分。

每一颗星球里，都有一块化石，里面蜷缩着一个白色的人，头顶光环。

有的它被那个地球上的人类唤醒了，于是，它再次蜷缩起来，这个宇宙之中再次生成了一个宇宙，一切归零……

不。

白阳在疯狂地告诉自己：挣扎出去，挣扎出去，挣扎出去！

忽然，他看到了一颗蓝色的星球。

环脑

025

亿万颗星球里，有许多蓝色的星球。

它们大同小异。

可是只有这一颗，不知为何，白阳知道，它是地球。

看到它的一刹那，他落泪了，就好像在海中漂浮求生的人，突然看到了岸边。

然后，这颗蓝星突然消失了。

白阳的心向下重重一沉，就在这时，仿佛有万箭穿心，他像是一碗经过了筛子的水，重重落回碗里——

"白阳！"林朔在喊他。

"白阳！快回来！白阳！"

白阳从另一个世界回来了，他看到了林朔。周围的雇佣兵全都跪在地上，向着刚才那个地方呆呆注视着。

据朔哥的说法，那个人苏醒了，他们四个人同时使用能力开始观测，可林朔看了三秒钟，这人还在走，看了四秒钟，这人蹲下了，于是……

"我懒得看了。"林朔说，"我直接冲上去揍了他……太恶心了，你是没看到它在火里烧的样子，就好像一团肉。"

结果，他发现其他三个人都不见了。

白阳看到的是它的生死，于是他就被拖进了它的一生之中。

那双胞胎……

双胞胎的能力是观测空间和时间，观测时间的那个会被卷进她所观测的那个时空里；观测空间的那个，如果被卷入他观测的坐标……平地还好，如果是高空或海底……

026

白阳推测，那些白色的人形，或许就是这样的一种动物。

鱼会吐泡泡，而它们吐出宇宙。在它们所在的世界里，一个个宇宙的存在无非是一个个泡泡。

化石里的这个，大概也是"卵"一样的存在吧。"卵"本来应该继续炸出一个宇宙的，没想到被林朔一拳打爆蛋壳，蛋黄四溅。

　　而他们的能力，也随之消失。

　　两人回了国，经纪人快发疯了，她以为白阳失踪了。

　　在巨大的风波后，一切照旧开始。

　　一个夜里，朔哥又鼻青眼肿地回来了。

　　没了那种能力，朔哥在赛场上就要挨打，他这么多年都在靠它作弊，不过还是艰难地在赢。

　　白阳看完了明天的戏，合上台词本："其实，我在研究一种能让能力恢复的训练法。"

　　朔哥："真的？！"

　　白阳走到他面前："你知道应激反应吗？人处于紧张状态，说不定那种能力就会回来。"

　　朔哥："你快给我试试。"

　　白阳："我五秒后会出拳打你。"

　　话音落，他一拳揍在朔哥脸上。

　　朔哥："我能看到五秒后……不对！你真打？！逗我？！"

　　行了，一拳还一拳，扯平了。

　　白阳哼着歌，拿着烹饪教学书，跑去厨房做夜宵了。

END

桌下
ZHUOXIA

001

小的时候捉迷藏，我有次藏在宗庙的贡台下面。结果等了很久，都没有人来捉。

忽然，桌布动了动。一个身形纤长的男孩站在外面，身穿白衣，恹恹地说："怎么藏在这儿？"

002

又是一次捉迷藏，我仍藏在那儿。太久都没人来找我，我不知不觉就睡着了。

醒来时，外面似乎天黑了。我饿，想掀开桌布，从贡台桌下爬出来。

突然，黑暗里，一只冷冰冰的手隔着桌布，按着我的脑袋，硬是将我按回了桌下。

又是那个少年。他说："滚回去，我说出来你再出来。"

我："可是我饿。"

一个贡台上还沾着香灰的馒头"咕噜噜"滚到我膝头，停住了。

我愣了一下，不知为何真的不敢爬出去，就抱着那个馒头，呆呆地啃。罩着贡台的桌布外，似乎有很多人影来来去去。

过了很久，我差点又睡了过去，被一个熟悉的声音叫醒了。少年说："你可以出来了。"

我从贡台桌下爬出，打开庙门回家。临走时回头看了一眼——月色下，整个宗庙的地上，密密麻麻都是香灰脚印，绕着我藏身的贡台，一圈又一圈。

003

村里的老祖宗过寿辰的时候，这里多了很多人，许多城里的亲戚带着孩子回老家磕头，那些孩子大多不喜欢下跪磕头，我们说晚上捉迷藏，他们一下子就答应了。

我带着表叔家的一个表妹，两人一组。我说我知道个地方，藏在那儿，没人找得到。

我带她一起藏在贡桌下面。

表妹打着哈欠，觉得村里无聊，和我说着城里的好玩东西。忽然，她不出声了，似乎有人推门进了宗庙。

我们还没看清，贡台上的蜡烛就灭了，庙里一片漆黑。表妹害怕，从桌下钻了出去，想跑去外面。我不去，跑出去的话肯定会给找到的。

结果，过了没多久，她又钻回来了。

我们俩安静地在下面等了很久，直到庙外有人喊："人呢？人呢？"

估计是捉迷藏的他们实在找不到我们了。

我拉着表妹的手爬出贡台，推开了庙门。表妹的手冰得吓人，可是漆黑无月的夜里，我什么都看不清。

就在推开门要出去的刹那，庙里响起了熟悉的声音，轻轻响响，是那个白衣少年的声音："回来！回来！回来——"

但是，表妹已经挣脱了我的手，跑出了宗庙。我只来得及看到她的身影似乎不是个小女孩，而是一个大人，用一种扭曲诡异的姿势在逃跑。

霎时，一道巨大的白影擦着我的身子冲出庙门，追着那个怪影，却扑了个空。我回过神，那少年恨恨地站在我面前，咬牙切齿，最后重重戳了一下我的额头，回了宗庙，消失在黑暗中。

004

村里全都乱了，因为直到深夜，表妹都没有回去。大人们全村找，我说："从宗庙出来的时候我还拉着她的手。"

他们担心她被人贩子拐走了，连忙让村里所有孩子都回去，不许出门。

我一个人躺在床上，听见房梁上有个冷冷的声音："傻子，你从庙里带出来的，根本不是人。"

从那天起，村里的人似乎开始变了。

本来开朗的人会变得冷僻古怪，本来不爱说话的人，又突然疯疯癫癫。妈妈洗菜的时候还在说，感觉周围的人一个个转了性似的。

爸爸回来了，他本来是很喜欢笑的人，从昨天开始，整个人都呆呆的，只是看着窗子外面。吃了晚饭，他拉着妈妈出去，我一个人在家。

忽然，我听见有敲门声。但是我想开门的时候，外面有股力道，在死死地拉着门，不让我打开。

而且，那声音也不是敲门声。

我寻着声音，后来发现那是有人在敲窗子。为什么不敲门呢？我爬上窗台，拉开了窗帘。

黑夜里，窗外有很多村民，面无表情地站着。见到我，他们都同时露出了同样的怪笑，将身子贴在窗上。

突然，门开了，一个白色的身影站在门口："还愣着干什么？跟我跑！"

005

他拉着我在前面跑，后面村民们缓缓地跟着我们，像是一场围猎，猎人收紧了网。

少年说："它是跟着你来的，它一来，其他的也就找到了一座桥，跟着它来了。这些村民都给它们占了，只剩下你了！"

我手脚发凉。

"也就是说，那天钻回贡台下的表妹，其实根本不是她了。"

"万物分阴阳，宗庙本来是香火最重，阳气最盛的地方，但是贡台的桌下就是这里的阴地。"他说，"那东西就是借着你的手，从阴间回来的。"

这时，麦地边忽然响起了妈妈的声音，她在对我招手："红，别一个人走，到妈妈这来！"

一个人走？

可是，我这有两个人啊。

我停下脚步，看向少年的身影。

夜色下，他的影子，不是人影。

我想丢开他的手，但是像是有股力量缠着我，甩不开。他气急："你管我是不是人？！我是来救你的！"

他拉着我逃进了宗庙，列祖列宗的牌位在这个黯淡的夜晚之中似在微微震动。那些村民将宗庙一层一层围住，黑洞洞的双眼看着我们。我的妈妈站在庙门口柔声地对我说："红啊，过来，和妈妈在一块儿……"

006

我又看向了少年的影子。那不是人的影子，歪歪扭扭，细细长长。

他转头看向贡台上的牌位："你们的先祖对我有恩，我一直庇护这里，但也到了山穷水尽的地步了。"

外面的人越聚越多，好像随时会冲进来，连我都觉得，这里越来越冷。

白衣少年拍了下我的头："你听好，待会儿我冲开门口的魑魅魍魉，你就跑，沿着路往外跑，不要回头。"

我似懂非懂，点了点头。

他深吸了一口气，下一秒，伴随着震耳欲聋的呼啸，一道白影从我身边冲出，杀入了人群之中。那是一条白色的巨蛇，可我没有时间细看，只记得他的话，拼命往外跑。有人在追我，有人扑在巨蛇的身上撕咬，我捂着耳朵，哭着向前跑。

不知跑了多久，我跌倒在公路上，精疲力尽。一辆路过的巡逻车救了我，等白天的时候，他们告诉我，村子里一个人都没有了，只有宗庙边上有一具巨大的蛇骨。

这条蛇不知活了多少年，有个老人听说了这件事，他告诉我：这条蛇或许是这个村宗族里的家蛇。

007

很多年后，我结了婚，有了孩子。原来的村子已经被重建，住进了新的人。

我想回去看看，他就开车带着我们回去了，村子是大变样了，不过宗庙是作为保护建筑留下了，但常年无人打理，已经荒废了。

吃了晚饭，我们在民宿收拾卧室。儿子和村里的孩子们玩去了，看了眼钟，晚上九点了，该叫他回来睡觉了。

我们俩找到一个和他们一块儿玩的孩子，问他人在哪儿。孩子说："我们今天玩捉迷藏，不过没找到他。"

捉迷藏？

不知为何，我想到了那里。

夜里，村子里静悄悄的。走在似熟非熟的道路上，我鬼使神差地来到了宗庙前。庙门半塌，外面缠满了蛛网，不过下面的蛛网破了，有个小东西钻进去的痕迹。

"有人吗？"我在庙门口向着里面喊了一声。

贡台的桌布动了动，有两个孩子从里面钻了出来。儿子满头香灰，笑嘻嘻地拉着另一个孩子跑到庙门口："她告诉我，妈妈以前也藏在这里。"

夜色下，我看着那个孩子的脸，背后霎时汗凉一片。

我的表妹对我露出了怪异的笑容，转头跑向村子，消失在了黑夜中。

END

自白
ZIBAI

001

11 月 25 日 20:31

陈记者：可以开始了吗？

茶：可以了。

陈记者：笔耕这个平台虽然不大，但我们一直在寻找有特色的写手进行深度访谈。能大致介绍一下你自己吗？

茶：在微博上，我是一个笔名为"扶他柠檬茶"的写手。

网络写手嘛，差不多就那样，看看读者回复，苦恼一下微博的 KPI，考虑一下明天的内容，为了一堆破事被人往死里掐……就这些。

陈记者：就这些？

茶：就这些。

陈记者（低头翻了下笔记本）：我记得你的特长好像是写悲剧，可以就这一点聊聊吗？是什么样的生活或者经历，让你有了这种……

我是说，爱好，比如写悲剧。因为网络小说嘛，尤其是微博上的，大家都觉得是那种让人"哈哈哈哈"的段子，会比较……你懂的，"吸粉"。

茶：是啊，人嘛，又是碎片化阅读，都会比较倾向于短平快的段子。不过我写不出。

陈记者：唔，是觉得太普遍了，显不出个人特色？

茶：不是，就是写不出，没有能力写。

陈记者：很意外，为什么？一般来说，都会觉得悲剧比较难写……

茶：不管你信不信。这是我被监禁的第三年。告诉你也无所谓的……因为那些人不会管我们向外界求救。求救毫无用处。没有任何线索能显示我们在哪儿，警卫没有口音，我们被抓来这里之前，都是完全昏迷的。

陈记者：哈哈哈……这是职业病吗？就是忍不住就开始……

茶：不是的。你完全不懂我的意思。我说的是"我们"。被关在这里的所有人，都是"扶他柠檬茶"。

网络连接中断。

007

11 月 28 日 13:09

陈记者：茶老师？

茶：终于连接上了……最近，网络连接越来越不稳定了。

陈记者：你没事吧？

茶：我没事，虽然被囚禁在这里，但是警卫对我们都还好。

陈记者：我是很认真地在问这个问题。如果你真的被绑架了，我可以帮你报警。你的编辑和我提过，你比较……喜欢和人开玩笑，但是这种事情不能开玩笑的！

茶：你上次访谈的是北吧？

陈记者：什么？

茶：北。我们的记忆都很模糊了，名字在这里没有意义，所以大家都用很简单的代称来称呼彼此。但是这些对你来说毫无意义，反正我们都是扶他柠檬茶。

陈记者：你需要我报警吗？

茶：随便。你也可以试着来查我们的 IP 地址。在此之前，我们已经在微博上求救过很多次了。然而没有人查得到。警卫们根本无所谓我们求救，他们对这个地方的保密性很有自信。后来就都被人当成开玩笑的了。

陈记者（联系了茶的编辑）：这个玩笑太无聊了，你发过自拍，参加过一些笔会和签售会，你的书上也印着你的照……

茶：假的。我的编辑从来没有见过我。

陈记者：她发给我看过你们的合照。

茶：她需要我有一个形象。我说我无法和她见面，但是可以授权她找一个合适的模特假装是我。你可以把这段话给她看。

陈记者：……所以，现在是什么情况？我能否理解为，"扶他柠檬茶"这个账号背后，有一个团队？

茶：团队？哈哈哈……这样理解也勉强可以。我们现在还活着的大概有七个人，一周七天，大家轮流写故事。

陈记者：这个团队……是隶属于一个公司？还是工作室？

茶：其实你还以为我在开玩笑，对吗？

很简单，有很多人被抓来，囚禁在这里。警卫们并没有虐待我们，但是我们的日常饮食、用品，都要用故事来换。

比如一个短篇可以换三天的三餐，长篇可以换一年的饭票。我们这些人的故事，就会发布到"扶他柠檬茶"这个微博上。

偶尔会有新人被抓来。但是更多的，是囚犯突然的死亡。我们已经习惯了，大概三十岁的年轻人，在夜里死了，没有哀号，没有外伤，就像睡着了……没有人明白发生了什么。

我只能勉强推测，大家或许是被关在一个比较大的地下室里？唔，北昨天晚上死了，真可惜，她比较会形容东西，像我的话，只会很简单地形容……要是我的记忆没有出错，在被抓来这里之前，我是个很普通的理发师。

陈记者：你为什么觉得是地下室？

茶：啊？就是……感觉啊。你看那种电视剧和电影里不都是这样演的吗？要不是地下室，难道还能是什么阳光明媚的地方？没有窗，墙壁都是金属包裹的，会有人造紫外线灯代替阳光……有人试图反抗过警卫，但是根本打不过。哦，我看完你和北的聊天记录了。为什么写悲剧？你被关在这个环境里三年试试看？偶尔也有人能写搞笑型的短篇，那是因为他们都是刚刚被抓进来的人。

网络连接中断。

11 月 28 日 13:52

罗编辑：久等了，刚才去开了个会。

陈记者：没事。就是茶的事情……

罗编辑：啊，不管她和你说什么都不用太在意，她就这样，喜欢和人开玩笑。

陈记者：真的？她和我说的一些事，就让人挺不安的……呃，我不是探听你们那边的商业操作，大家都明白的嘛，很多账号说不是一个写手在写，背后有个团队在运营……因为我之前和你确认过茶是不是真实的个人，罗编辑你说是。

罗编辑：对。我知道她肯定又说了什么很天马行空的故事，比如被人绑架啊，很多人被逼着写故事啊，是不是？肯定是。你不是第一个听这些故事的。她几乎见人就会说一遍。我不用见她都知道肯定是编的。

陈记者：等等？罗编辑，你刚才说什么？

罗编辑：我说是她编的。

陈记者：不对，你说，"我不用见她"。

陈记者：你见过她的话肯定直接就知道这是编的了，你没有见过她？

陈记者：你没有见过她吗？

陈记者：罗编辑？

对方中断了通话。

12月1日 15:23

茶：在不在？

茶：在不在，在不在，在不在？

茶：喂，给我留了一堆言，问你在不在的时候别装死。

……

陈记者：呃……你是……？对不起，我刚才在午休。

茶：哦，算了。和你说一声，上次和你聊天的那家伙死了。今天哥值班。今天冷死了，好像供暖系统坏了。

陈记者：供暖？你们在北方吗？北方现在也该有21度了……

茶：什么？！21度？老子被抓来之前是个保安，看冷藏仓库的，这鬼地方就没超过15度过！我拿我后娘的男人打赌，现在这边只有5度！

陈记者：等一下，这是个线索！现在全中国气温只有5度的地方不多，可能是黑龙江再往北，或者根本就在另一个半球……我记得有个方法可以看，就是放水的时候，水从水管下去，水面会有个旋涡，看是顺时针逆时针……

茶：这边用地漏。

陈记者：……哦。好吧。

茶：还有，被抓来的全都是说中文的。没老外。

陈记者：可不可以问一下，你被关了多久……

茶：一个月！老子才刚进来一个多月！这鬼地方简直了，你说是坐牢吧，也不少你吃穿。你说不坐牢吧，那些警卫每天就从小门里递一些吃的进来，都没见过他们几次，全从头到脚穿着那种黑色紧身衣，有次我上去揍他，这人力气大得吓人！

陈记者：啊？你没事吧？

茶：没事！就算揍他，那些警卫也没啥反应，就把你关进去。老子就火大了，有次硬生生拖住一个，让其他人冲出去，你猜怎么着？外面还有一扇电子门！这是干啥？难道有个亿万富翁想拿诺贝尔小说奖想疯了？

陈记者：诺贝尔好像没有小说奖，那个叫文……算了，你继续说。

茶：这边网又不行了……想干啥都不行，每天就吃、睡、想故事，这是啥生活？

陈记者：听起来还不错……

茶：（粗口）

网络连接中断。

005

12月9日 22:01

茶：喂喂喂，人呢？

茶：老陈！我总算把故事憋完了，妈呀，那群人都太能写了，这是被环境逼出来的吗？老子小学作文都没超过五十个字儿。不对，说到哪儿了？哦，老陈你人呢？你午休结束了记得回我啊，我给你介绍一个哥们，新来的，可厉害了！

陈记者：来了来了！

茶：这哥们上周被抓来的，脑子好使，他说要是打不过那些警卫，干啥不试试看用电源做个电击器……雏形已经出来了，就等今天晚上警卫来清点人数。

陈记者：等一下，安全吗？

茶：谁管那么多呢！被关在这地方生不如死，反正都是死，拼了！

陈记者：可我记得茶老师以前说过写作使她快乐……

茶：哦，你说的那是老冬，特别能打官腔的一个人，今天我们要是被关在这里被逼拉屎，他也会说拉屎使人进步，吃屎不忘拉屎人。

陈记者：……什……你让我缓缓……

茶：别缓了，警卫进来了！我哥们把它放天花板上，一按开关就会落下去，这家伙完蛋了！

茶：来了！我居然紧张！

茶：……中了！

网络连接中断。

006

12 月 21 日 03:16

茶：你好。自我介绍一下，我是张。被关押前是某机械动力研究所的成员。不知道网络什么时候又会被中断，我会尽可能与你说明情况。也麻烦你在回复时发送尽可能多的文字内容。

在12月9日，我策划了用电击器打倒警卫的行动。一开始为了保险起见，我将电压定为安全值。但是当电网罩住警卫时，对方并没有立刻停止动作。所以我迅速调高了电压，最后用一个人类根本不可能承受的电压让它停止行动。电击器详细数值我会在最后附上表格供你参考。相信你也注意到了，我用的字是：它。

这里的警卫都是一个体型，一个打扮，全身包裹着黑色的紧身衣，头戴金属制的面具，类似潜水员。当我们查看它的时候，才发现它并不是人类，而是某种技术极其超前的人形机械。

我可以以性命担保，至少在我昏迷被带到这里之前，地球上没有任何一个地方拥有这样的人形机械技术。我提出了几个疑点：绑架者的目的是什么？为什么要让警卫机器人以人类形态出现？如果目的只是制服我们，机器人完全可以做成其他样子。

故事的取向，相信其他的成员与你说过，我们被关在这里，衣食无忧，但是所有的东西都要用故事来换。他们对这些故事完全没有质量的要求，只要是具有情节的故事都行。而且，我们拥有一台电脑，可以用这台电脑将故事发到微博上。长期被囚禁，导致越来越多的人只会写悲剧，以前警卫没有干涉过，但是现在，它们鼓励我们写喜剧。如果有人上交了喜剧，就可以得到双份的生活用品和食物。

这个变化发生在72小时之前。

然后是我的推测。

警卫全身被包裹，做成人型，这就说明，对方不希望我们意识到这是机器人。但是我们意识到了，我甚至发现这不是这个时代

　　每个人都是经历昏迷后被带到这里来的，昏迷原因不明，昏迷前有彻底的记忆缺失。类似于你坐在办公桌前，下一秒，你眨了眨眼再睁开，就身处这里。这种记忆的断层让我觉得很微妙，或许我们有一段记忆都被剪掉了。

　　这个推测已经得到证明，成员 A，女性，她自称自己 14 岁。我与另一位职业为医生的成员对其进行检查，确认她的实际年龄在 16 到 18 岁之间。也有其他的成员被证实年龄记忆错误，误差大约在 2 到 3 岁。

　　成员对日期的记忆是统一的，他们昏迷的日期大约都是 2017 年的 1 月 2 日。但我有个没有得到证实的推测——我们和陈先生没有处于同一条事件线上。

　　关于断网。我于 24 小时内检测了断网的次数，大约 5 次，从 2 分钟到 5 小时不等。时间分布均匀，哪怕没有操作电脑，网络也会突然中断。

　　关于成员的死亡。完全无预兆，无规律。死者没有外伤，没有挣扎和痛苦。

　　关于生活环境。食物为罐头食品，荤素都有。温度在 0 到 20 度之间，如果不供暖，大约为 0 到 5 度。

　　以上。

007

12 月 21 日 07:16

陈记者：我醒了！留言已经看完了！

茶：你总算来了！那哥们推测出好多东西，还建议我们搞事！

陈记者：啊？张先生？

茶：他让我们开始储存所有的食物，每天只吃不会饿死人的量，然后所有人拒绝写故事，看看会发生什么。

陈记者：会……会饿肚子？

茶：你这人是不是智障？他的意思我都明白，就是和警卫们熬。省下来的食物可以让我们熬三十天，如果三十天都不写故事，警卫们会有什么反应。

陈记者：你们想夺取主动权？

茶：老张说这叫知识就是力量。

陈记者：我是没意见，你们注意安全就好。记得告诉我结果，祝平安！

008

12月21日 09:30

陈记者：罗编辑你好，就是前几天的事……

罗编辑：和茶有关的？我就说你别管她。

陈记者：对不起，误会你了，她真的脑子有点问题，说自己在另一个世界啥的……当编辑真辛苦，每天和各种各样的奇葩作者打交道……

罗编辑：没事，习惯了。你也辛苦了，这次采访她，都没啥东西能写稿子的吧？净听她胡说八道了。

陈记者：唉……我刚到办公室，现在要去开——

陈元温猛地睁开了双眼。

周围很冷，他穿着夏天的短袖，身上不知道被谁盖了条毯子，可仍然让人冻出了鸡皮疙瘩。

有几个人坐在他边上看着他。其中一个体形硕大、嗓门粗哑的男人挠挠脸上的痘痘，满口脏话："老张，你觉不觉得，咱们绝食……不是，'绝笔'抗议的这几天，被抓来的新人明显多了？"

那个叫老张的人大约三十多岁，相貌儒雅，戴着副眼镜。男人神情淡淡地点了点头，向陈元温走来："你好，我姓张。你感觉如何？"

陈元温呆呆地在那坐了很久，就和每一个初到者一样。过了许久，他终于开口："张先生？我是陈记者！"

大家围坐在一起，这个地方就如采访中所说的，巨大的空间，铁质的四壁，一台电脑，还有许多的小隔间，这应该是众人日常生活起居的隐私空间。

陈记者直到第四天才接受现实。

"行了行了，既来之则安之！"大斌爽气地拍了拍他的背，"咱不怕哈，有老张呢，总能逃出去！"

每天都会有一些人死去，也有些人被新抓来，全都是昏迷状态，身上的电子设备都被没收了。陈记者看了眼电脑，"扶他柠檬茶"的账号这几天没有更新，读者都在催更。不过网络写手只要停止更新，人气很快就会下滑。前几天还有几十号人在评论区里催，现在已经寥寥无几。

这台电脑只能登陆扶他柠檬茶这一个账号，无论是微博还是其他通信软件。他迅速打开了通讯录，找到了罗编辑。

"罗编辑，我是小陈！"

没有回复。

"别发了，你来的那天，罗编辑就联系不上了。"大斌喝了一小口水，现在大家在和警卫死扛，所有的人都只能分到很少的水和食物，"还有其他几个人……不过大部分通讯录都还能用，但也不知道有啥用。"

陈元温绝望地看着屏幕："你们有谁是黑客或者啥的吗？能研究一下这台电脑的……"

"有，早试过了，不行。我们有程序员也有黑客，但最后的结果就是，这是一种他们见都没见过的核心系统。"

"啊？那把电脑拆开看过吗？"

"拆开？你疯啦！要是弄坏了怎么办？我们只有这一台电脑！"大斌惊愕地看着这个人，像是看到了疯子，"硬件要是完蛋那就真完蛋了！"

对，毕竟没人敢肯定，如果电脑坏了，警卫们会不会给他们修。

陈元温吃了口罐头食品，忍不住倒胃："我说这些肉罐头，该不会是用那些死了的人做的吧……"

此言一出，所有人的脸都抽了抽。只有张先生还很淡定地在吃着。

门开了，又有个昏迷的女孩子被拖了进来。这是今天被拖进来的第五个了。

大斌说，以前这里的人没超过十五个，现在都快三十个了，再这样下去，食物会不够，他们只好向警卫屈服，一切又要回归最初。

真是一个让人发疯的循环。

可这也让张先生确定了一件事——当他们不再写故事发布之后，被抓进来的人明显多了。

"我想再试一下。"他说，"用电击器攻击警卫。"

陈元温终于想起上次的攻击："对了，上次被攻击的警卫呢？"

"电流被短暂中断了，其他警卫进来带走了它。"张先生冷笑，推了推眼镜，"能得到的情报太少了。所以，我打算再试一次。"

陈元温觉得他镜片后的反光弥漫着一种理工男特有的寒意："可对方肯定有了防备……"

"防备？不一定。"他已经指挥大斌去拆电路，工具来自这里的供暖器，一个如同伞似的设备，镶嵌在屋顶。反正不是自家的东西不心疼，大斌驾轻就熟地将外壳卸了，从里面拉出了电线，"如果它们真的有了防备，为什么不加固供暖器？"

很快，一个悬挂在天花板上的电击陷阱就完成了。张先生将电流调整到最大，深吸一口气："上一次我们只检查了机械警卫，没有仔细研究门，对吗？"

"嗯，我带着一波人去砸那扇电子门，但砸不开，需要什么扫脸和指纹……"大斌揉了揉指关节，"你有办法？"

"没有。我只能尽力争取研究电子门的时间。情报这种东西，是永远不会嫌多的。"

陈元温看出来了，张先生虽来这里不算久，但因为智商高和性格冷静，已经成了这群人里面负责出主意的那一个。他把这个计划一摆，其他人立刻按照他的分配，有条不紊地开始执行他的指令。

虽然生活在这种环境下，人们也都保有理智，情绪还算平和——他不知道这是不是有人做心理疏导，从现实角度来说，被关在这种不见天日的地方，人类的精神会渐渐崩溃，最后整个团体会经常发生冲突和斗殴。

但在这里了，就算是大斌这种看上去有点"混"的，也从不和人发生矛盾。

在每夜固定的时间，警卫进来巡逻。空气中并没有什么紧张的气氛，所以他们都确定，这些机械警卫不会伤害自己。张先生候在门口，门准时开了，穿着黑色紧身衣的机械警卫走了进来。

电网落下，罩住了警卫。在刺眼的电火花之中，它扭曲了几下，随后以一个怪异的动作停止了运转。张先生和大斌他们已经冲到门口，拉开了铁门，驻足在那扇银白色的电子门前。

"要扫描面部和掌纹……"他皱着眉头，仔细研究了开门的几个条件，"还有音频和虹膜……这简直是天衣无缝。"

"怎么办啊，老张？"

"不要急，我会找到办法打开门的。"

就在张先生话音落下的刹那，一阵电子音响起。

"'开门'，音频匹配，通过。"

在短暂的寂静里，人们全都惊愕地看着电子门前的张先生。他显然也不敢相信，试着把脸对准扫描面部的摄像头……

紧接着，电子音再次响起。

"面部匹配。"

"虹膜匹配。"

"掌纹匹配。"

门开了。顿时，刺骨的寒冷从外面涌入——所有人都打了个哆嗦：外面究竟几度？他们在哪儿？北极吗？

大斌是个缺心眼的，猛地拍了拍张先生的肩："可以啊老张，真有你的！"

而那人却一点欣喜的神色都没有，只是怔怔地看着自己的双手。

"牢房"之外的景色，像是另一个更大的牢房，一份银白的大肠包小肠。

透过宽阔的弧形玻璃，巨大的控制台外白雪纷飞，要塞般的灰色高墙阻挡了远方的景色。机械警卫们有条不紊地工作着，对这些脱离牢房的人毫无反应。大家凑在一起抱团取暖，已经意识到牢房里的环境更适合人类生存。

没有人觉得这是 2017 年会有的景象。

伴随声响，高墙下的门开了，一辆卡车开了进来。数个机械警卫从车里抬出了一口铁箱，带回了这里。当铁箱打开，一阵碎雪从里面喷出，箱子里安睡着一个少女，浑身被冰霜覆盖。

他们也是这样被带回来的？

警卫们对她进行了搜身，把她身上的电子设备都取了下来，扔进边上的盒子。大斌立刻把她的手机捞了出来。

警卫们没有阻拦，似乎在他们走出牢房的时候，这些机器人就不再干涉他们了。

"快，我要看看到底啥情况……没电……"

张先生环顾四周，然后走向一个警卫："将这个设备的电力充满。"

机械在数秒后给了回应。它取过那个手机，然后拿出相应的充电设备，将它接在自己身上，开始为手机充电。

"……它们为什么听你的话？"其他人终于意识到了这个神奇的现实。张先生耸肩，他也不明白。

很快，手机就达到了重新开机的电量。尽管很卡，可仍然还能运行。

没有信号，没有运营商。

任何电话都打不通。

"手机的日历功能……重置了！但是定位还能用。"大斌打开了定位系统，"我们在……Ａ市？！开什么玩笑，Ａ市是我老家，冬天都不供暖的地方！老张！老张，你在听吗？"

陈元温很确定，张先生没理会这个人的嚷嚷。他正在研究控制台的系统，眉头越皱越紧。

"怎么了，不能用吗？"

"……不是。"他摇了摇头，手指在微微颤抖，"用得太顺手了。这个系统……简直就像……就像是我编写的一样。"

009

屏幕中，一行字跳了出来。

"是否查看使用日志？"

屏幕切换，仿佛是电影的开场。一个穿着白大褂的人坐在电脑前，调整着前置摄像头，手挡住镜头，看不清脸。

自白

"好了……"他清了清嗓子。这个声音很熟悉。

随后，"张先生"出现在屏幕中。

所有人都屏住了呼吸，大斌用力揉了揉眼睛："……真的是你？！你怎么会在视频里头？"

这是每个人心里都有的疑问，但是谁都答不上来。

"现在是……2021年，12月5日。"张先生说，"镇静剂系统失控的第十二个月。我和我的研究团队试图拯救残余的人类，但是失败了……时间线被撕裂了。呵……英雄也不是每次都能成功救世的……我们这条撕裂的时间线在大空间中飘泊，现在就像一颗陨石，正在撞向最近的平行时空。

"被撞击的平行时空，会被强行纳入这条时间线的空间和时间里——也就是这个镇静剂充满空气、所有生物都会进入冬眠的世界……失去新陈代谢的地球上只有极冬，这是不幸中的万幸，如果是极夏，那就根本没有幸存者……"

视频受损乱码，无法继续播放。张先生开始播放上一条可以观看的使用日记。

"现在是2020年，11月5日。"镜头前依然是张先生，但是，要比2021年显得体面不少，"镇静剂在全球各个地方开始出现失控的征兆，我和我的团队也转移到了A市的研究所。我们事先就预估到了镇静剂失控的威胁，建立了这所研究室，它是密闭的，空气过滤系统可以大幅度过滤镇静剂……可惜不能完全过滤。我们的研究员已经出现了死亡。根据外界的情况，我们或许是地球上残存的为数不多的人类。

"但是，'跳板计划'正在进行中。研究所里的时间线振荡器，可以让这条时间线发出剧烈的震荡，让其中的人类踩在跳板上，进入最近的平行时空……幸存率和成功率都是未知数，可这或许是唯一的办法。人类不是第一次舍弃自己的家园，可却总能找到新的家园。"

视频结束。

"老张，解释一下啊！什么镇静剂？是那种给神经病用的药？"

人群终于按捺不住，围住了张先生。陈元温突然感觉自己置身在一个标准的美剧模板里——很多人被关在绝境，以为是绑架案，结果发现幕后黑手就隐藏在他们之中，准备拿他们做生化实验……

"你该不会是……那种幕后的主导者吧？"他问。

面对质问，张先生深吸了一口气："我只问一个问题。如果我想害你们，为什么要当你们的面放这些视频？"

在短暂的沉寂后，他没有再浪费时间，继续寻找系统里所有的视频文档。其中有一段新闻的视频截取，女主持人正在介绍一种即将应用的新科技。

"镇静剂系统"。

一种可以智能精密调节人类体内温度，从而点对点冷冻病毒以及癌细胞的生物药剂。在最初，它用于拦截异常的神经传导，只用于精神科治疗郁躁症。

"可以解决人体内绝大部分的病症，也可以稳定情绪……将它命名为'镇静剂系统'，但是它其中并不包含任何类型的镇静剂，也不会对人体有副作用……即将大范围安装镇静剂覆盖系统……"

视频文件夹里也有其他的资料——当年有不少人反对镇静剂的无限制覆盖，其中包括张先生署名的多篇论文。

然而他却并没有这些记忆。

在众人的目光中，他一边操作控制台播放下一段备份日志，一边寻找附近所有能找到的纸质文件。台面上有许多笔记之类的东西，全都被写得密密麻麻，被时光席卷得一片枯黄难辨。

"2021年,6月12日,撞上了第一条时间线……我无能为力……最后一名研究员已经死亡,但是在这条时间线里,人型机械科技的发展非常先进……

"利用这个时空里发达的机械科技,我试图制造机械体,可以用于救援外面冬眠的人类,以及搜集物资。"镜头前,他神情仍然保持着镇定,可是他的手上满是伤口,"机械是最佳的选择。空气中镇静剂的浓度太高,人类的体温会迅速降低,陷入冬眠。我必须不断用疼痛刺激自己,提高局部的体温,用剧痛刺激神经,才能平衡吸入的镇静剂……同时,我也在试图停止跳板计划,避免它毁掉更多的平行时空。如果在这条破碎的时间线外面包裹一层缓冲的'救生圈',是不是就能停止或者减缓它撞击其他时间线?"

所有的视频,到此为止。

张先生坐在屏幕前,和自己面对面。下一秒,他抓起旁边散落的铅笔,扎进了自己的指尖。

"……果然,情绪正常了。"他咬着牙吸气,"疼痛可以让神经高度活跃,抵抗那种被叫作'镇静剂'的神秘药物对情感的影响。"

"你,你你你……为什么会在屏幕里?"这时候,大斌和其他人才陆续反应过来,"你到底是谁?"

"还没明白吗？我们大多数都不是这个世界的人！"他停止了自虐，或许在现在，反而更需要镇定，"这个世界，给它起一个名字，就叫'冬眠世界'吧——这个世界已经被这种镇静剂系统毁灭了，系统失控，人类和万物都陷入了冬眠。在末日前，那个'我'试图做最后的抵抗……也及时调整计划，通过让时间线震荡，将幸存者发送到其他平行时空……可是，'板子'断了。"他打了个响指，"理解吗？你想借助跳板跳得更高，然而突然跳板断了，你和它一起落了下去，撞上了附近的平行时空，直接将这个时空也拉进了这个冬眠世界。"

"那么……那些机械警卫……"

"它们是用来救我们的。外面的镇静剂浓度太高，只有机械可以活动。它们去冰雪里把冬眠的人类找出来，如果还活着的话，就救回这里。我也好，你们也好，都是因为原来的时空被毁，陷入了冬眠，最后被救回这里的。只不过我恰好是另一个时空的'张'。在原来的时空，也会有一个已经死亡的大斌，已经死亡的陈记者……"

他们都在一艘诺亚方舟上，然而，这是一艘失控的毁灭方舟。

"那我们待在这儿是为了什么？每天写故事发微博？"陈元温问，他仍然不明白"扶他柠檬茶"这个账号存在的意义，"难道这和你……不是，冬眠世界最初的你，提到的'救生圈'有关？"

张先生没有心思回答他，他在快速翻阅笔记本，眉头越皱越紧。

他发现了，随着吞噬越来越多的平行时空，这条时间线越来越庞大，撞击速度也越来越快。

"……还是说，扶他柠檬茶这个账号，就是'救生圈'？"陈元温摇了摇他的肩。

"为什么这样想？"

"因为从我的角度来说，我当过记者，做过新媒体运营，当过编辑……无论用哪个角度来看，这个账号发布故事的频率都太高了啊！"他终于忍不住，开始抱怨，"说好听点叫笔耕不辍，说难听点，明明是作为个人号发布原创作品的，搞得和营销号一样！最初的那个你设计了这个账号，该不会只是把它当作大家的消遣吧？我感觉你的避难所设计还没有那么感性化，想来想去，它很可能和那个'救生圈'有关。"

"你说得有道理……笔记上还有'救生圈'的原理设计，一个环绕在这个毁灭时空外面的……严格意义上来说，它也是一个时空，呈环状包裹着断裂的时间线，在周围形成缓冲层……要能够缓冲，就必须有填充。填充，填充……到底用什么作为填充的……难道——"他猛地从桌前坐起来，差点被椅子绊倒在地，但张先生根本无暇顾及这些，喊道，"还有谁有故事的？马上去发，无论是什么故事都可以。故事——故事就是这个'救生圈'的填充物！"

说完这些，他冲回了牢房的电脑前——"救生圈系统"的本尊，一直在他们的面前。

"这个系统，可以将这个账号植入附近时空，让那里的人看到这些故事，给予回应。"

"救生圈"会自动将这些故事与读者的回应尽可能具现化，然后填充进一个人造时空。尽管单薄，但是素材满足了时空的基本要素：人物，事件，情感。

它就像空气一样轻盈，如同救生圈托起这段沉甸甸的破碎时间线。无论是冬眠世界还是其他被吞噬的时间线，它们都是自然形成的，但"救生圈"不同，作为人造时间线，它基本无法和其他时间线重叠，只会互相排斥。

"等于说，我们写的那些故事，都是用来拯救其他时空的？"大斌蹲在边上，有点失落，"搞了半天……我们都没救了啊。"

"没救？不一定。"

张先生注视着屏幕，缓缓摇了摇头。

如果把"救生圈"的环从中间剪断，它就是线。

用足够多的故事和读者情感去填充这条线，让它足够坚韧，坚韧到足以拦截住上方下坠的冬眠世界。借助人造时间线和自然时间线互相排斥的特质，成为拦截在冬眠世界和其他时空之间的防护墙。

"如果编写这个系统的人是我，那么，我也能够把'救生圈'从中间剪开。"他说。

自白

陈元温摇头："等等，你想过没有，就算剪开了，这也是一条断裂的时间线，它不是无穷无尽的，如果冬眠世界撞上它，后果还是一样，只会被冬眠世界带着一起继续撞击其他的时间线啊！"

"一个时空之所以无穷无尽，是因为那里有能够生产时间的载体。人就是最典型的载体，哪怕只剩一个，也可以继续产生故事，产生情感，延续时空。"他摸索着这个自己编写的系统，成功打开了后台，"——明白吗？我最后再使用一次'跳板'……"

"而我们借助这块跳板，跳去'扶他柠檬茶'这个时空，延续它？"大斌对这种比较形象的形容，反应会相对快一些，"听起来不错！那个时空应该没有镇静剂系统这种狗玩意儿吧？！"

"很明显没有。因为写故事的人没有一个知道冬眠世界的，所以它也不可能被填充进这个时空。"他环顾四周的人，因为空气中的镇静剂，每个人的情绪都很寡淡。

这也就是为什么最初的张在设计"救生圈"时，不是单纯把故事填充进去，而是建立了一个虚拟账号，让读者回应这些故事，将读者的感情编织进去。

"如何？有人愿意和我走吗？"他问，"想想我们写的那些故事，那可是个全都是悲剧的时空啊。而且，被填充进去的读者的情感，也都是对我们喊打喊杀的……"

"但，管他呢——有人愿意冒这个险，一起去新的世界吗？"

010

12 月 21 日 09:31

陈记者：谢谢罗编辑帮忙介绍，访谈已经顺利完成了。

罗编辑：不客气，她怎么样，没给你添麻烦吧？

陈记者：有点小曲折，就是感觉结束前一天的访谈之后，第二天就换了个人和我在聊天。哎，但是挺投缘的。而且她说她认识我……

罗编辑：那么巧？

陈记者：我也很意外啊。我做网络写手访谈是去年才开始的事情，之前一直在做新媒体运营和编辑，没有接触过她……她特别有意思，明明是我访谈她，结果她一个劲地问我问题，什么"过得怎么样啦""有没有找到女朋友啦"，还问我"爸妈好不好"……真的好奇怪。

罗编辑：真是不像话！她就这样颠三倒四的，你千万别生气哈。

罗编辑：说起来我昨天还毙了她的稿子。她写了个穿越的故事，有一群人穿越到了一个新世界，这个世界是由她写的那些短篇构成的。我说你也想想，谁想要穿越进一堆悲剧里，谁想要看一群人在悲剧里挣扎啊？！

陈记者：哈哈哈，她怎么说？

罗编辑：她就那副样子，一看我回她，立刻就问我"怎么样啊"，"有没有又疯狂加班啊"，"每天有没有多喝热水啊"……搞得好像大家很久不见了一样。

陈记者：我也这么觉得。可话说回来……

陈记者：话说回来，昨天她说，要我好好照顾爸爸妈妈的时候……不知道为什么突然哭了。特别好玩，都说不上原因，就这样哭了。

陈记者：好像很久都没在周末陪过他们了。所以下午请了假，准备去爸妈那儿一起吃饭。

罗编辑：……

罗编辑：我也请了假。下周准备在家好好休息，或者去周边散散心。

罗编辑：我不知道你遇到她的时候有没有这种感觉啊，就好像……好像……

罗编辑：好像很久很久之前就见过了，好像很久很久之前就熟悉了。三年前我有天快睡了，忽然收到一个陌生人的消息，她说她是我的作者，和我说很久不见……可我居然真的觉得，"对啊，我们很久不见了"。

陈记者：问您一个事儿。她昨天最后说，让我别担心她，她已经到一个新世界了……那是什么意思？

罗编辑：她就喜欢这样吓人，没事，估计就是出去短途旅行了。啊，如果方便的话，访谈稿能发我看一遍吗？

陈记者：没问题。

罗编辑："人之所以为人，就是因为拥有可以承载巨大的悲伤，也要继续走下去的决心"……好像在哪儿听过……真的，在哪儿听过……不，就算是你的名字，安排你的访谈，我也觉得，似乎在很久之前也做过相同的事情。有些难过，可是……

罗编辑：可是却觉得很开心。好像很久不见的人平安回来了，心里就很欢喜……

罗编辑：抱歉，说了那么多有的没的。我要去开会了，待会儿再聊。

陈记者：好，待会儿聊。

通话结束。

011

2017 年 12 月 21 日 09:50

观测对象：阿尔法时空区，2930184+00021942834a 时空。一切平安。

END

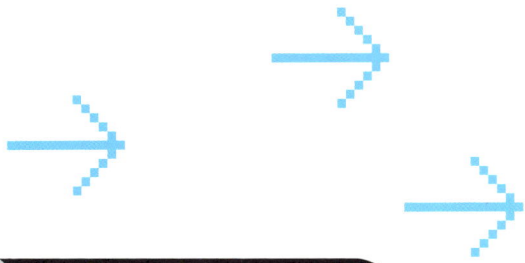

PART FOUR

啾啾激萌

你想在天堂为奴，还是在地狱为王？

假如天堂是一个到处都是小奶猫的地方，当然是选跪下做奴啊。

——金牌吸猫达人
@扶他柠檬茶

科学系狐妖
KEXUEXIHUYAO

001

国君叨念狐狸精，叨念很久了。

　　自古以来，将军对丞相，萝莉嫁王侯，国君身为一国之君，总幻想着能有只千娇百媚的狐狸精来勾引他，让他从此不早朝。

　　国君把大学士叫来："爱卿，再替寡人研究一下狐狸精的日常生态吧，你不是说上次研究出来如何喂养狐狸精了吗？"

　　大学士是个年轻的俊小伙，专业素质过硬，接到国君派下来的课题，一般只说三个字："小钱钱。"

　　国君："好，给你小钱钱。这小钱钱寡人都给了五年了啊！爱卿。"

　　狐狸精课题大学士做了都快五年了，经费唰唰如流水地花，研究出的论文全是《论烟熏果木香狐狸精的料理方法》和《浅谈狐狸精痔疮医治》，谁都知道国君想狐狸精快想疯了，就差没对萨摩耶下手了。

大学士拿了"小钱钱"，转身走了。国君又叫住他。

国君："爱卿，你这五年好像一点都没老啊？"

007

大学士被抓了，毕竟拿了五年的经费搞了五年的研究，神仙也在实验室里变成渣了，他居然还能色若春花面若二八，要么就是骗研究经费的，要么就是个狐狸精。

大学士有点郁闷："我不是狐狸精。"

国君："那就是骗经费了，骗研究经费就要凌迟处死。"

大学士一脸生无可恋："行，我是狐狸精。"

国君："还骗研究经费。"

大学士："……骗研究经费的狐狸精。"

大学士自暴自弃地变出了狐狸耳朵和尾巴，国君两眼一亮："快！快勾引勾引寡人。"

没法吸引狐狸精的国君根本毫无人格魅力，大臣就会很不尊重他。国君："你就不会施展一点法术勾引我吗？意思意思也行啊兄弟。"

大学士："小钱钱。"

国君："不把你这只骗钱的狐狸精做成围脖就算客气了！还敢要钱！"

大学士没办法，指指旁边放的苹果，苹果开始自动削皮。

大学士："不给小钱钱的话，法术也就这样了。"

003

身为一只狐狸精，大学士的法术主要集中于这几部分。

削水果皮，指挥扫帚扫地，让锅子自动做菜，衣服自己洗自己。

这也没什么吧，就好像高考填志愿，谁会特意去找母猪产后护理这种专业啊，学法术当然学最能方便生活的啊。

国君有点郁闷："你能让我躺在你大腿上，然后给我剥葡萄吃吗？"

大学士："我怎么记得你以前不爱吃葡萄爱吃榴梿？"

国君："我躺你大腿上，你抱着个榴梿往我嘴里塞，这像话吗？"

大学士举起榴梿，用法术开始剥榴梿、剥菠萝，举着榴梿往国君嘴里塞，

"吃下去，一滴都不许漏出来，否则就把榴梿塞进你另一张嘴里。"

国君很郁闷，这只狐狸精每天只会威胁用榴梿塞他"另一张嘴"，要么就是管他要研究经费，完全不好好勾引他。

国君："你为什么要当狐狸精啊？你这样很没有梦想的你知道吗？"

大学士拍了拍手边的榴梿："当然是为了小钱钱，拿经费搞研究，再拿成果要更多小钱钱，再搞第二期研究。"

狐妖族不是很注重科研，大部分想搞研究的狐妖都只能进入

人界骗人类的研究经费。这都是为了科研骗钱，是高尚的骗钱。

大学士问："你继续给小钱钱我就留下，要是不给就算了，帮我结算一下 N+1 给我退工单吧。"

国君好不容易遇到了一只狐狸精，虽然糙了点还是个爷们。

"你骗了一大笔经费就想走？"

"对啊，要不然呢？"心向科学的狐狸精一般都只谈小钱钱的。

004

国君这个人吧，其实还不错，虽然每天都在幻想天上掉下个狐狸精，但治国的手挺稳的，没闹出过什么乱子来。因为得民心，民间都有一些狐仙庙，专门用来祈求上苍赐给国君一个狐狸精，保全自家的萨摩耶。

他和大学士谈好了，给多少小钱钱，大学士就当众勾引他，然后让群臣劝诫，让国君感受一下昏君的爽。

等上了朝，大学士开始了他的表演，开始要钱。

国君微笑着问："要钱干什么呢？"

大学士："搞研究，研究水利工程。"

国君："既然是爱卿开口，寡人自然会给你加倍的钱……"

大学士："要三倍的小钱钱。"

国君："……好，好，三倍就三倍。"

文武百官哗啦啦跪下了："科学技术是第一生产力，陛下圣明。"

国君觉得自己被骗了，骗了感情又骗钱，简直没人性。

大学士："我又不是人。"

国君："那你明天能勾引我一下吗？"

大学士："小钱钱。"

国君："国库没钱了，谈钱伤感情。"

大学士："没有钱还谈什么感情，你是不是傻。"

005

国君是很委屈的，平心而论，感情和钱都被骗了，也不知道狐狸精每天在研究个什么玩意儿。

你好歹拿出点研究成果吧？他看着实验室里头写天文论文的大学士，忍不住催。大学士被烦得受不了，掏出一颗丹药塞进国君嘴里，辣得这人捂着嘴满地打滚。

终于有一天，大学士没再问他要小钱钱了，这家伙请假了。

国君从小金库里掏出一根金条塞进大学士衣领里头，算是度假费。

这假一请就是一年。

莫非是骗其他人的钱，走在路上被人拿刀捅死了？国君啃着榴梿，看着空荡荡的实验室，这地方空了一年。没了大学士，没有人敲诈小钱钱了，日子有点无聊。

大学士消失的第三年，国君的屁股坐不住了。宫人们不是很理解，怀疑国君怀念那种被威胁用榴梿这样那样的刺激感。

但国君要的是那种至尊者的凌驾快感，举个例子，你有一百万，但是你一分钱都花不出去，旁边有个要饭的，他能花一毛钱买包子，他得到了购物的快感，你却无法获得同感。

大学士就是国君快感的源泉，没有大学士的国君，是精神和心理上都无法满足。

国君立马下旨："全国抓狐妖，无论公母！宁可错杀一千不可放过一个，连萨摩耶也给我一起抓了！"

国君已经丧心病狂到准备在萨摩耶身上寻找快感了，这让国民很怕、很慌，都在把萨摩耶染成灰色，假装是哈士奇。

006

终于逮到了一只狐妖，这只狐妖的法术功能是让茶具自动泡茶，可能是只福建狐妖。

国君挺担心的，因为这只狐妖确实是福建来的。大学士也挺讲究生活的，会不会也福建来的？会不会遇到一只广州狐妖？

国君："你认识大学士吗？"

狐妖说："认识，大学士在老家还挺有名的，就是那个空手套白人，找了个冤大头投资人供应科研资金的，为了科学出卖肉体。"

国君："谁卖谁？！寡人才是感情金钱两头空好不好！他人呢？"

狐妖："死了，据说是投资人只剩下三年命，他把元丹给投资人续命了，结果渡劫没熬过。"

国君怒发冲冠："谁是那个投资人？！"

所有人都看着国君。

国君躺在空空荡荡的实验室里，心里闷闷的。

狐狸精看得出他阳寿不够了，把元丹给他续命，渡劫自然熬不过去，灰飞烟灭了连投胎都不可能。

没人再问国君要小钱钱了。

国君让人把金山银山堆在实验室里，想试试看能不能让对方回来托梦。一等等半年，每天晚上只梦到一个自动剥壳的榴梿。

国君蹲在地上把金砖垒起来："爱卿，你要是回来，这些小钱钱就都给你。"

忽然，国君发现左边的金子堆好像矮了些，还有点"簌簌"的动静。冲过去一看，居然是一只狐狸在偷金条，一条条往角落里叼。

国君："爱卿？"

狐狸叼着金条摇头。国君提着金条，把整只狐狸都拎了起来。

国君："真可惜，偷钱是要砍头的。"

狐狸一下子松了嘴，"吧唧"坐回地上。

国君："你是爱卿吧？"

狐狸点头。

007

大学士这天劫渡得有点惨。族人们聚过去，地上就剩下天雷劈的坑，全以为他死了。

其实也没死，但也够凄惨了，直接被打回原形从头再来。大学士干脆溜回宫，没事干就去实验室看看书，等重新修成人形再回去问国君要小钱钱。

国君很不要脸地把实验室里的金山银山都收了回去，冻结所有科研经费。大学士从此过上了攒研究经费的日子，估计攒够经费的时候连元丹都能重新修成了。

气还是很气的，但渡劫的时候，放在心口的那根金条替他挡了要命的那一下，大家也算是互不相欠了。

这个故事告诉我们，科学技术是第一生产力，一个热爱科学的人，不仅可以拿到大笔研究经费，往往在一个故事里的存活概率还大，简直爽爆了。

END

杀人僧
SHARENSENG

001

从前有一个杀人僧与狐仙的传说。

杀人僧没有杀戒，杀一切他觉得该杀之物。狐仙本来隐居在他的狐仙庙里，莫名其妙遇到了这破戒人来投宿。

狐仙颤巍巍搞了只烤鸡给他。僧人说："谢谢，但是我吃素。"

狐仙看看他剑身上的血迹，咽了口唾沫，不敢再劝，自顾自地吃鸡。

002

杀人僧出家前，是一户书香门第里的孩子。后来父亲得罪了一位大人，家里被满门杀尽。

他逃了出来，路遇一位拄着竹杖的老僧。

追兵没将这老和尚放在眼中。孩子仓皇逃命，躲到了老人身后。

老人开了口，如同自言自语："这孩儿有何罪该死？"

追兵不答，自顾自抓人。

老人起身，道："无罪之人佛渡，有罪之人人渡。"

孩童无罪，理应由佛来渡。追兵想假借佛威，便是有罪之人。

杀人僧渡有罪之人。

老僧是杀人僧的师父，那根藏着剑锋的竹杖传给弟子，血迹斑驳，让青竹色恍若湘妃。

003

狐仙坐在庙顶，嘴上说是狐仙拜月，事实上是杀人僧在庙里，满身肃杀之气，吓得狐狸不敢下去。

笑话，杀人僧替佛行道，死在他手里，那是有苦没地诉的。

庙顶风大，狐仙白色长发被吹得如雪飘散。家被一尊大佛占了，有家不敢回，苦啊……

这时，屋檐下传来了僧人沉沉的声音："道友，夜风冷，进来吧。"

杀人僧正抬头看他，月色下若仔细看，会发现这人意外的年轻，面上带着笑，露着两个酒窝，带着股孩子气。

虽然是杀人僧，但是意外的好相处啊。

不笑的时候色若修罗，肃杀得叫人害怕；笑起来的时候，又叫人觉得这只是个年轻人。

狐仙问："听说杀人僧都云游四海，斩杀恶徒，小师父怎么就停在我这小庙里不走了？"

那人说："我在找一个人，仇人。"

杀人僧的仇人，似乎出现在这附近的小城镇上。

狐仙："那也是个有名望的人吧，应该很好找才对。"

但并非如此。那恶徒很快就被一个更恶的人所扳倒，家族尽没。这人侥幸逃脱，隐姓埋名。

不过也找不到，只好委屈狐仙，继续把窝分给这人住了。

狐仙："唉，感觉度日如年，吓得本仙都快折寿了。"

杀人僧茫然："谁吓道友了？"

可爱的人不知道自己有多可爱的样子最可爱了。

而可怕的人不知自己如何可怕，却也有几分可爱。

狐仙伸出一根手指："要让我不怕你也很简单，让我做一件事。"

杀人僧："什么事？"

狐仙蹲到他面前："……那个，让我戳戳你的酒窝，我想戳很久了……就是有点不敢……"

僧人怔了怔，抓着他的手指，在自己的酒窝上戳了一下。

004

狐狸和僧人混熟了，拉着他帮自己栽一片翠竹林。

狐仙很早就想在狐仙庙周围栽一片竹林了。他还是只狐狸的时候，这儿还不是狐仙庙，只是个普通的小庙。庙里有个和尚，笑意若春泉柔软温暖，照顾着狐狸和庙外的竹林。

狐狸修炼成狐仙的时候，和尚却早已被匪徒所害，仇人亦已故去，竹林也枯萎殆尽。

杀人僧帮他种竹子，结果附近村里有孩子来偷竹笋，狐仙气急败坏："哎呀！你揍他们！"

那人只是笑呵呵看着孩子们玩闹，也不阻拦。

孩子们偷竹笋，说要送去给另一座庙里的老和尚。据说那老人病了，没力气出来化缘。

杀人僧居然还帮着挖竹笋，陪孩子送去村里，见到了那个僧人。

杀人僧回去后和狐仙说，仇人找到了。

狐仙替他高兴："杀了那人就行了！"

杀人僧摇头。那人出了家，前尘皆为虚妄，他已不能用渡有罪之人的剑去报仇。

狐仙第一次看到杀人僧像个孩子一样，蜷缩在蒲团上。

"出了家就无罪了？老了就无罪了？笑话。"狐仙冷冷笑着，"他害死你全家，你却讲着清规戒律？"

杀人僧不说话。

狐仙想，好不容易遇到个能陪自己种竹子的人，还要看他受委屈？今世相逢已是有缘，今世相交已是有幸，便不能负这缘与幸。

夜里，杀人僧感到一个毛茸茸的东西在蹭自己的脸。一看，是狐仙的大尾巴。

狐仙手里的剑沾着血，笑嘻嘻说："成啦，我帮你报仇啦。"

说完他就裹着夜色离去了。江湖沉浮，相濡以沫，恩怨两清了。

005

修道的人们在追杀狐仙。理应守护一方百姓的狐仙杀了僧人，这等惊世骇俗之事，简直闻所未闻。

狐仙被步步紧逼，白狐影上的血色越来越浓。

杀人僧在狐仙庙里，等了很多天，终于有一天，一个血淋淋的毛团从窗外滚落进来。

狐仙连维持人形的力气都没有，轻声说："不行啦好友，我还是死在你手上吧，你杀人也慈悲，不叫我受苦。"

庙外的追杀近了，众人杀到门口，只见杀人僧站起，把白狐装进袖子里，轻轻拍了拍。

他们听见杀人僧说："是我执迷害苦了好友。我代他死,可否？"

霎时周遭寂静，无人敢答。

却听一个风雅如故的声音咬牙切齿说："可个屁。"

尾声

据说杀人僧和狐仙最后在围追中厮杀，没了踪影。

"那他们逃出去了吗？"

我是个茶楼里的说书人，今天遇到这个白衣人，和我说了个捕风捉影的传说。

"你猜呀。"

那白衣人眯起眼睛笑，好像只狐狸，刮了刮我的鼻子。然后他转身，拉着同伴的手，走向了茶楼外的阳光里。

那人笑着，脸上有两个酒窝，带着股孩子气。

他们好像走向了某处的翠竹林，翠海无尽。

END

梦客
MENGKE

001

从小，漫画家就能梦见一个固定的人。

这个青年总穿黑衣服，笑嘻嘻的，一头卷发。如果做梦的时候仔细些，就会看到各种梦里都有这人的出没，好像个敬业的群演，出没于全剧的各个画面。

他终于忍不住了，问这人："你到底是谁啊？"

这人说："我是你的梦客啊，梦客就是住在人类梦境里的住客，替你维护梦境，怎么样，牛不牛？"

漫画家穷得要死了："拉倒吧，你怎么就不能在梦里给我点灵感？"

002

每天替人类策划梦境也是很烧脑的，梦境空白一片，需要搭场景、搭舞台、创建人物、安排剧情……

有些梦客很懒，从不打理自己居住的梦境，所以这些人的梦境也渐渐枯竭下去。梦境枯竭，人的精神力就会降低。对普通人来说没什么，可能就是对这个世界冷漠些罢了。对漫画家这种搞创作的人来说，那就等于江郎才尽了。

梦客："我每天这样折腾，你的精神力应该不会低的。"

漫画家："那我的作品为什么没人买？"

梦客："那说明你真的没天赋，不是吃这碗饭的料。"

霎时梦境里地动天摇，看起来这句话对漫画家的打击真的超级大。

003

梦客一般不会主动和人类接触，毕竟，对人类来说，无论在梦境里经历了什么，都是做了一场梦而已。

漫画家最近很失意，连载因为低人气被砍了，又没有新的创意。每天恨不得睡24个小时，在梦里和梦客抱怨。

梦客给他布置了一个签售会现场，造了一群NPC当他的脑残粉，和他握手拥抱："老师！我一直在追你的作品！"

漫画家开始挺高兴，后来蹲在地上不干了："都知道这是梦了还有什么意思啊！"

梦客："本来就没意思啊，所以才叫人生如梦嘛。你在现实中花钱才能吃大餐，你在梦里也可以变成亿万富翁。"

梦客打了个响指，漫画家顿时被百元大钞围满了，身边还有两个金发的美妞左拥右抱。

漫画家："我是来梦里找灵感的，不要让我看女人！"

梦客带着钦佩的心情打响指，把大美妞变成了两个催稿的编辑。

004

为了让漫画家有点灵感，每天夜里，梦客带着他，在不同人的梦境里溜达。

现实生活不太得志，漫画家很沉迷于这种梦境旅行。梦的世界光怪陆离，可以让他暂时忘记很多头疼的事情。

"吧唧"一下，两人掉进了一个灰扑扑的梦境里。

漫画家挠挠头："这是哪儿？"

梦客耸肩："人类的梦境什么样的都有，谁知道这会不会只是个噩梦。"

梦境是灰黑色的，腐败的参天古树歪斜着，树根上蜷着个小男孩，可能就七八岁的模样。他不是梦客，是这片梦境的主人。

梦客蹲在他身边："小弟弟，做噩梦了？"

孩子没什么反应，呆呆坐着。忽然后面有动静了，一个高大的人影从天而来，手里抓着个麻布袋。看到有来客，这人露出了惊愕的眼神，旋即扔开了袋子，向两人冲过来。

梦客说："跑。"

005

那个梦客，显然是梦客中的捕梦者。

出于各种理由，去夺取其他梦境的精神力，甚至不惜杀死别的梦客。

梦客拍着胸口："妈呀！差点为了你死了！但愿那家伙没追过来！"

漫画家心里闷闷的，在那个灰色的梦境里，整个人就和溺水了似的。梦客推了他一把："行了，醒醒吧。"

梦客推断，那个孩子的梦境会变成那样，应该也是那个捕梦者搞的。捕梦者才不管什么维护梦境，他们只管夺取更多的精神力让自己满足。等那个孩子所有的精神力被抽干，这个梦客就会闯入其他的梦境，杀死原来的梦客，继续疯狂夺取精神力。

漫画家："他也会闯入我的梦境吗？"

梦客点头，漫画家这种搞创作的人，精神力强得惊人。从小到大，他替这人打退了不少捕梦者。

"你做的那些噩梦，基本都是因为开打了。"

"梦客争霸战"听得漫画家浑身都燃了，顿时有了灵感，要以这群人为主角画个少年漫。

006

熬了几个夜晚画画，漫画家睡了个昏天黑地，跑去找梦客。

梦客："你个没良心的还知道来？"

漫画家："你这台词听着像是电视剧里面哪个老公搞外遇不回家的……"

正聊到一半，梦境里突然响起了破碎声——有人闯进来了。闯入者就是那个梦客，全副武装，显然身经百战。

梦客一把将漫画家拉了起来："我干不过他的！你快醒过来！"

但是醒不醒不是他能决定的啊！

实在打不过了，梦客只好拉着他跑路。慌不择路，两人又逃进了那个灰色的梦境，后面的捕梦者紧追不舍。

漫画家："我说，他是只杀你，还是我俩一起杀？"

梦客："先杀我，你的话要看情况。他在梦境里杀了你，你今后的精神状态就别再想搞创作了。"

漫画家扭头看向树根上的小男孩，咽了口唾沫，有了个很大胆的想法。

梦客也知道他在想啥了："你简直丧心病狂！"

但在梦境里把小男孩杀了，小男孩的梦也结束了，这能让他们暂时摆脱捕梦者的追杀。

而且，梦境里杀人，也……也不能算……

漫画家的手在小孩的脖子上比画两下，这小孩好像个娃娃似的没有反应。他下不去手："你来！"

梦客："为什么要我来？"

没时间了，捕梦者逼近了。漫画家放开小孩，不行，就是下不去手。

然后让人意外的事发生了——捕梦者在他们面前举起双手："你们可以走，但是，别伤害他。"

小孩在现实中已经是脑死亡状态了，因为车祸。捕梦者这几个月一直在不同的梦境里掠夺精神力，试图让这片毫无生机的梦境重新复苏。

麻袋里装的就是其他梦境的碎片，看着五彩斑斓，却被灰暗的梦境刹那间淹没。

捕梦者看着这个孩子长大，心里还抱着一丝希望，如果梦境恢复生机，他是不是就能苏醒。

008

小孩一点反应都没有，呆呆地看着前方。

漫画家揉揉他的头，小孩穿的是一所医院的病员服，手环上有名字之类的信息，才八岁。

"这样吧，"他说，"我每天晚上来和他讲故事，你就不用到处打砸抢了。"

漫画家有很多的故事，平时也没人会听，编辑最爱听那些能赚钱的商业大纲，读者只爱看女角色露了多少肉。

反正说故事也不会少拿钱。

再说他本来就穷得没啥钱了，只有故事了。

漫画家和孩子说了一个又一个故事，主角大多是个勇敢的少年，和伙伴们一起拼搏到最后，那种俗得让人想翻白眼的故事。

白天的时候，他骑车去了那家医院，带着花去看这个孩子。病房里冷冷清清，一个小孩浑身插着管子，躺在病床上。护士路过看到了他："你是家属吗？是决定下周拔管了吗？"

小孩好像就剩下几天的时间了。家属已经绝望了，决定在下周一结束生命系统的体外循环。

009

捕梦者说："他是个很可爱的孩子，第一次在梦里看到梦客，就开心地抱着自己打转。"

梦客很喜欢这个孩子，为了他，不惜变成捕梦者。漫画家不忍心告诉他们拔管的事情，为了拼最后的希望，睡前磕了一把安眠药，尽可能多和他说一些故事。他原来的故事讲完了，只好和他说起了自己的故事。

漫画家说："你知道吗，其实我故事里的主角都是个黑衣服的少年，笑嘻嘻的，一头卷毛，做事吊儿郎当……"

梦客："我觉得这人有些熟啊？"

漫画家："所以没人喜欢这个主角，故事一直卖不出去。"

梦客："你几个意思？"

但是要是没有梦客曾经给他的那么多梦，或许漫画家也没法坚持继续画漫画了，可能去便利店打工，可能去当个普通文员，可能去……

漫画家揉揉孩子的头："所以，我会有那么多个故事，都是他在梦里给我的。"

忽然，梦境里有了些光亮。顶上的乌云散了些许，光落进了孩子的眼里。捕梦者说："他有反应了！你再说一些故事！再说一些！"

可是，漫画家没法再说了。

因为，他醒了。

010

医院刺眼的白光，是他醒来时第一眼看到的。

他的室友坐在旁边："你终于活过来了？我看你磕了一瓶安眠药，叫了救护车把你送过来的……"

漫画家揉着头，他在某家医院，医院的名字有些熟悉，应该是孩子待的那家。

室友："你都昏睡三天了知道吗？"

三天？

他看了眼手机，今天是周一。

漫画家冲上五楼的病房，现在是早上八点，孩子的家属已经到了床边，有些在叹气，有些在哭。护士正要关上仪器的刹那，漫画家从旁边抓住了她的手。

家属茫然地看着这个陌生人。漫画家说："你们再等等……再等一下……"

就在这个时候，孩子的手动了。

011

大夏天的，年轻的漫画家带着稿子，跑去找自己的老师。

自己的老师还是唉声叹气："都和你说多少遍了，这种故事太俗了，我那个时代都没人要看，更别说现在了……"

啊？俗吗？

漫画家看看稿子，里面的主角是个黑衣少年。

"师父，你好没良心啊。"

很多年过去了，孩子也成了个漫画家。不妙的是，拜了漫画家做师父。

更不妙的是，也和师父一样，喜欢画那些俗到掉渣的少年英雄的故事。

师徒俩，赚是赚不到什么钱，好歹也饿不死。每天晚上在梦里找梦客抱怨，两个梦客都拍拍他们的肩："行了，看在这些故事救过你的命的分上……"

是啊，故事俗点就俗点吧。

人还是要有些梦的，不是吗？

梦客

END

老张和乔爷
LAOZHANGHEQIAOYE

001

养老院里，老张坐在椅子上发呆。

这里的其他老人大多三三两两凑成一堆，像一窝窝麻雀。但老张永远不会和他们扎堆，在他的心里，总觉得自己和这群需要包着尿布坐着轮椅、连路都走不利索的人不一样。

养老院经常会放一些防诈骗广告，其他人看得全神贯注，老张觉得莫名：这种东西怎么能骗得到人？天上哪有掉馅饼的事？自己儿子被车撞了，发条短信就给钱？

但是昨天老张的退休金也被骗了，大概十二万。

002

老张年轻时的工作很敏感，等他退休的时候，手上至少应该捏着五十多万的基础金还有十多万的高危职业补助。他把钱都留给女儿了，自己跑来住养老院。

老张和他女儿关系不咸不淡，毕竟脾气硬，不太顾家。他素来自傲，现在被一个卖保健品的骗了养老金，不好意思和她说。

起因是牙有点松动，然后养老院里有个老人的儿子时常过来给老人们推荐各种保健品，这小伙子一开始根本不敢接近老张，觉得这老头自带杀气。

他把牙齿松动的事告诉了同屋的老蔡，老蔡这个大嘴巴说了出去。于是，这个小伙子就开始和他推荐龙虎养生丸。据说一粒可保一颗肾，一颗肾可保一排牙。现在做活动，买六送一，搭配套餐更划算，十二盒为一疗程，四个疗程起效，还建议同时购买虎骨酒，所有商品可以全额退款，而且还有保值收藏功效……

老张被骗了十二万，回过神来的时候，这小伙子就不见了。

老张忽然觉得自己老了。

他年轻时曾经叱咤风云，曾经和这世上最危险的恐怖分子斗智斗勇过，也曾经打到弹尽粮绝单刀白刃，就算在养老院也每天坚持做一百个俯卧撑。被骗之后他就没有再保持健身，任凭自己和其他老人一样，老成松松垮垮的一摊。

老蔡，一个精瘦精瘦的小老头揽着个收音机走到他边上，这是养老院里的大嘴巴，若放在江湖上便是个包打听："别觉得丢人，被骗的多着呢，你喜欢的那个小文不是也被骗了吗？"

听见小文的名字，老张的眼神动了动。

003

小文是养老院里的一个小老太，说话细声细气，皮肤白净，打扮干净素雅，看得出年轻时是个小家碧玉。

她的老伴十年前就过世了，子女在国外，几乎没见来探望过。

老张带着一束花去看她。小文的心情不是很好，小老太坐在窗边，眼泪汪汪的。

她退休前是当英文老师的，和老张那位去世的老伴一样。

看她难过，老张心情也不好，他不太会安慰人，说："我也被骗了。"

小文的眼泪下来了，但是马上用手巾擦了，轻声说："也不知道这世道怎么了，明明大家都没做什么坏事……我想把钱要回来，但是也不知道怎么要。"

老张不敢说自己是个好人，毕竟手上有人命，被骗了就算是还债了。但小文又怎么说呢？这世道是没道理的，明明小老太被骗了十几万，也到了立案金额了，警方却不管，说是自愿的买卖。

老张准备替小文去把钱要回来。

004

老张拎着老蔡，跑到四楼。四楼只住着一个老人。

一部分原因是老人都不肯住四楼，觉得不吉利，还有一部分原因是，没人敢和"独眼龙"乔爷住。

乔爷年轻时，和老张是死对头，什么杀人放火的事都干过，堪称华东一霸，后来被炸掉一颗眼珠子，外号便是"独眼龙"。老张和他恰巧进了同一家养老院，进去的第一天，乔爷还屈尊下过一楼，去看了眼老对手。

斗了大半辈子,乔爷是在江湖腥风血雨里来去的人,早看开了。

"你老相好被骗了钱,还是你被骗了?"

"屁话别多,帮不帮?"

"帮?不请你一刀也算是客气了。你居然还能被保健品骗钱,这要是说出去……"

乔爷坐在轮椅上,剩下的那只眼睛含笑,颇得意。

结果老蔡说:"去年养老院里来了个半老徐娘风韵犹存的女护工,乔爷还和她情投意合,结果这女的偷了你的钱就跑了吧?"

乔爷指着他:"你叫啥?"

老张拦住:"行了,不就是硬要赶时髦玩什么手机支付被别人骗了吗。说正事儿,帮不帮?"

"我帮你我有什么好处?你还送我蹲过好几年大牢呢。"

"以后我也喊你乔爷。"

老张从不喊他乔爷,要么就是"你",要么就是"姓乔的"。为了小文,老张喊他一声乔爷——乔爷眯着独眼,很受用。

005

要查这个骗钱的人,需要一些周折。老蔡这个包打听先去打听那个保健品小伙的事儿,心里大概有个谱了:"他根本不是那老头的儿子,老头早老年痴呆了,这骗子就靠他打掩护,混进养老院。骗完一波就跑路,那天之后没再来过。"

进养老院要登记信息,要经过摄像头,全是证据,要搁几十年前，老张和乔爷不费吹灰之力就能抓住这孙子。

现在时局不一样了。他们仨站在大门口研究摄像头，站了还没半分钟，就来个虎背熊腰的护工："干啥干啥干啥？都给我回去！"

老蔡摇着扇子："老张，乔爷，这娘们好生凶恶，咱们撤吧？"

乔爷不动如山："你还怕个娘们？今天我乔爷就坐着，看她能把我怎么样。"

然后他就连人带轮椅被护工拖了回去。

要抓这骗子，就要先溜出养老院。

老人进养老院，除非家属同意，否则养老院也不敢让人随便出去，万一出事根本赔不起。但都被送进养老院了，家属也不太希望他们再出去。正规途径出不去，那就只能不那么正规了。

老张记下送货车的来去时间，三人预先埋伏好，货车一停，司机到后面去卸货了，老头们立刻摸进了驾驶座。

"我这轮椅怎么办？"乔爷坐着轮椅，在下边干着急。

老张冷冷瞥他："我当年可没打你的腿。"

"对！你差点打爆了老子的腰子！"

眼看司机快卸完货了，乔爷终于舍得丢下轮椅，跳上了车。老蔡啧啧称奇："原来乔爷你根本没残废啊？那干啥总坐个轮椅呢？"

"他觉得坐轮椅文气。"老张发动了车子，"什么臭毛病……"

司机追着车追到养老院铁门前，老张一脚油门，直接撞破铁门出去了。

乔爷说："这一幕有点眼熟，当年我在莫斯科开了家自己的夜总会，结果你开了辆军车一脚踩下油门就撞门冲进来了。"

老张想喝口酒，结果啤酒罐子空了。乔爷从自己的包包里拿了个泡着绿茶的玻璃水杯。

"你居然还自己带水？！"

"喝饮料多不健康啊。"

老张确认了一下，玻璃杯里的应该是绿茶，不是大麻或者其他啥的。毕竟斗智斗勇大半辈子，不能阴沟里翻船。

那骗子犯了个致命错误，就是留了名片。这张名片上的联系方式和地址肯定是真的，因为老人要打电话联系他购买保健品。

敢留真实信息，摆明了就是不怕人报警。

老张踹门进去的时候，那骗子正搂着个姑娘，光天化日探讨生命的大和谐，满屋子都是保健品的盒子。

两人匆忙抱着衣服起来，又被老张一脚踹倒。

"年轻人啊。"乔爷忍不住感慨道。

一丝不挂的小伙子被他们用胶带绑在椅子上，都快哭了："你们想过后果没有！"

后果？什么后果？乔爷点了支烟摁在他头顶心。小伙子立刻就意识到这老头无法无天，哭了："我还钱！"

"还钱就行了？银行卡交出来，密码说出来，还有那堆什么手机钱包……老蔡呢？！"乔爷搞不清这堆时髦玩意，想叫老蔡帮忙。结果看半天，那色老头居然在门口逗那姑娘。

三人去银行，把钱取了出来，柜台还担心仁老头会不会是被人骗了，盘问了好久。

江湖规矩，取了钱，老张分了乔爷两万。老头翻了个白眼："你乔爷还在乎这点钱？"

"给你孩子当零花钱。"

"我没孩子。"

乔爷这么多年叱咤江湖，至今没结婚没生子："你想想是因为谁啊？啊？我能在哪儿睡安生觉啊，今天睡在这儿，明天你就带着人马杀过来了。"

"也是，你大半辈子都是个通缉犯，估计没法领证。"

老张还是把钱塞他兜里，回了养老院。赔了铁门和卡车的钱，把小文的钱还给她，养老院的日子还是照旧过。

天气好的时候，老张带着小老太到花园里遛弯。四楼，乔爷靠在窗口看他们俩，嘴里碎碎骂："老不羞，没良心。你以为我是为了谁才没结婚的啊？"

说着叫来老蔡。

"你再安排个人进来，盯着他和小文骗。"他说，"年轻时和他追打惯了，老了老了，身边没他不习惯。"

END

PART FIVE

它的遗愿

人间不过是由故事组成的一个地狱。

——刀宗掌门人
@扶他柠檬茶

天路来客
TIANLULAIKE

001

哑女小翡可以听见动物将死之时的声音。

之前也遇到过几次，濒死的老猫老狗拜托她完成遗愿。完成了也没有好处，不完成却会良心不安。她也不知道，为什么自己会有这种没用的能力。

小翡在自家的兽医院工作，夜里下班经过小路，遇到两个小流氓。她就是在那天遇到铁哥的。

铁哥，一只快要看不出是藏獒的藏獒。但瘦死的骆驼比马大，一头巨大的藏獒冲出来，吓得小流氓扭头就跑。

赶跑了流氓，它特别骄傲地走到小翡身边昂着头："姑娘别怕，铁哥罩你。"

002

铁哥觉得自己时日无多了，所以寻着声音，来找这个能听懂它遗愿的兽医。

小翡木着脸，往这只藏獒身上倒宠物香波，一只藏獒耗掉了半瓶香波，铁哥还在那甩着脖子："再来点，帮我挠挠，哎，挠的地方不对，再上去点……"

小翡："要不要顺便替您做个公犬绝育啊这位客人？有话快说有屁快放。"

铁哥打了个哈欠，满嘴的蛀牙，藏獒的饮食里面肉类多，气味十分可怕。

"哦哦对！我是来找你的，有事儿。我大概快不行了，想托你帮我找个人。"

小翡："找人要钱的啊，替你洗澡喂饭已经仁至义尽了，你们这群猫猫狗狗，别仗着自己有毛就为所欲为。"

铁哥嘿嘿笑："姑娘，知道我是从哪儿来的吗？听过《天路》吗？"

小翡："你别告诉我你是什么活佛转世，结果是个路痴，一路从西藏投胎投到了苏州市。"

铁哥不响了，估计本来是打算这样忽悠她。

在小翡这儿好吃好喝混了几天，藏獒重振雄风，非常壮观。这种生长在青藏高原的犬类拥有强悍的战斗力、较低的智力和易怒好斗的性格，在中国除西藏之外所有地区都属于禁养。

铁哥从小就被一个富商从西藏带回了城里。

那是在西藏刚开放旅游的年代，男男女女不分年龄去那转经朝拜，寻求灵魂的通彻。铁哥的主人姓铁，是个做汽缸的民营老板，人称铁老大。

铁老大是东北人，在那要把生意做大，黑白两道都要吃得开。但铁嫂是个标准的苏州姑娘，人小小的，笑起来甜甜的，声音软软的。那时全世界的人都反对她嫁给这个看上去老大粗的北方男人，一个读师范的江南少女，怎么胆那么大。她父母都劝她："北方男人喝酒，打老婆，大男子主义，不做家务，粗鲁……"

铁嫂大四那年，跟学校去东北那边的学校做教学交流，路上被人持刀抢劫，当时还不是铁老大的铁老板骑车经过，一言不发，丢下自行车就将那个劫匪摁倒在地一顿胖揍，胳膊上被扎了一刀都不喊痛。

英雄救美，一见钟情。

管他天翻还是地覆，天南还是地北，人世间自有侠骨与柔肠。

003

铁老板对铁嫂很好很好。他求婚那天仍是两袖清风，和未来的岳丈说："我对她好，我什么都没有的时候，我用命对她好，我以后若什么都有，我也仍用命对她好。"

铁老板不打老婆，甚至答应铁嫂，以后把家搬回苏州，买两套大大的别墅，肩并肩，让她每天都能见到父母。

在他公司顺风顺水的第三年，他就实现了这个诺言。东北的男人其他本事都可以没有，唯独不能食言。

后来他们在苏州有了个可爱的女儿，叫铁小姐。女儿随娘，标致的江南美人，小脸蜂腰，说话便脸红。

铁小姐，是铁哥的菩萨。

每天，铁老板只在饭后喝一杯酒，戒了烟。他揉着铁哥的头："铁哥呀铁哥，我菩萨一样的闺女以后就托付给你了，你可要好好护着她，当她的护法金刚，不能叫那群浑小子近她身！"

铁哥"嗷嗷"叫。它听得懂。

铁老板去西藏旅游，听说藏獒威风，就想去当地人家里收一只小藏獒。

小藏獒是关在笼子里带回来了，可完全没法养。藏獒凶得很，见人伸手就咬，见人过去就吼。

铁老板都在打算把这只藏獒送人了，平时就关笼子，扔院子里。

那天是雷暴雨，铁哥又饿又冷，蜷缩在铁笼子里，牙关咬得紧紧地，就看一个娇小的身影穿着条雪白的裙子，在雨里轻盈地向它走来。

"那么大的雨，怎么能把你关外面呢？"铁小姐叹了口气，淋着暴雨，蹲在它笼前。

"和我进屋，但是，不许咬人，不许乱叫，好不好？要和我爸爸一样，当个天底下最好的男人。"

浑身湿透的小姑娘过了一会儿带着落汤鸡似的藏獒进屋了，神奇的是，铁哥果然不发疯了，乖乖地跟在她身边。

那年铁小姐八岁，喜欢穿白色的长裙，在客厅里给大家表演节目。她的梦想是当个歌手，脸蛋随她母亲像个江南美人，又随她父亲，天生带着些东北人的那种歌舞细胞。

她经常会靠在铁哥身上，唱一首叫《天路》的歌给它听。

"你记得吗？你就是走这条路来到我家的呀。等以后我长大了，我们再一同走回去好不好？"

铁哥点点头，她唱歌的时候它就跟着一起唱，逗得家里人笑个不停。大家都笑："哎哟，人家都说藏獒野蛮，这只狗给你们养得一点藏獒样子都没有。"

铁老板摆手："人家都说东北男人野蛮，怎么样，我也给我老婆养的一点东北味都没有了？"

铁老板喝酒的时候就喜欢让铁哥坐在边上，喝到微醺，就开始说那套好男人理论：好男人，不打老婆，不能把自己弄得臭烘烘的，要把老婆孩子都照顾好，这才叫好男人。天塌下来都要扛得住，不能叫你老婆孩子受苦……我最见不得的，说自己是大男子主义，平时有苦让老婆受，不如意了就打老婆孩子，那种算什么男人。

对，那种算什么男人！铁哥跟着点头，蹭一口酒喝。铁小姐这时候就要冲过来了："爸爸你不许给铁哥喝酒！网上说了，狗不能喝酒的！"

铁小姐不让喝，它就不喝。

铁小姐是它的菩萨。漫天仙君，满殿神佛，这个在佛乡长大的生灵，它只认这一尊菩萨。

004

后来，铁老板破产了，破产前，铁嫂生了重病。为了给她看病，他借了高利贷。

这世道起起伏伏，有起有落。铁嫂死了，高利贷的人找上门。拿走了房子和车子，也要带走铁哥。

铁老板最后说的一句话是："铁哥，你去她学校等她放学，护着她。我不是个好爸爸，我对不住她们。"

铁老板上吊自杀了，在自己的家里。铁哥从那些人手里逃了，去铁小姐的学校等她，但是没赶上——她放了学走出校门，就被高利贷那边的几个男人抓上了车。

铁哥追着车，跑了很久很久，终究还是把人弄丢了。

铁哥和小翡说："我不是个好男人，我对不起她。所以能帮我找她吗？我主人说过，东北男人什么本事都可以没有，但不能食言。"

小翡："你户口是西藏的，谢谢。"

铁哥："西藏男人也不可以食言。"

小翡："要不我还是帮你做个公犬绝育手术吧，你就不用这么纠结了。"

铁哥顿时龇牙咧嘴："我就算一口咬掉我的蛋蛋，也不会让你割掉！"

藏獒这种狗到底该算聪明还是笨啊？小翡有点弄不懂了。

但是，小翡还是答应铁哥了。

因为铁哥利诱她："你帮我找人，我告诉你我埋宝藏的地方。"

据说是从铁家偷出来的宝贝，很值钱。小翡心动了。

离铁小姐被抓走，已经过了五年了。但是铁哥说，它在市北的一栋大楼附近闻到过她的味道。

小翡站在这栋大楼前，抬头看着楼里商店的标牌，一家 KTV 吸引了她的注意。

铁哥："KTV 是什么？"

小翡："唱歌的地方。"

铁哥："那她一定在这儿！她最喜欢唱歌了！"

小翡想进去碰碰运气，但问题是铁哥进不去。她想了个办法——偷了一台服务员用的餐车，那种上下两层的，然后让铁哥身上罩着桌布，躲在下层。

藏獒重得吓人，她一路推着，手都快抽筋了。

KTV 很老旧，而且是那种不太正派的地方，弥漫着浓浓的烟味。也没见什么服务员，但是拐角口都是剃着板寸头的壮汉，被瞪一眼都腿发软。

每间房间都因为隔音墙，传出闷闷细微的歌声。他们像在一个迷宫里穿行，寻找着一个白裙子的女孩。

忽然，一扇门开了，从里面走出一个青年。就像打翻了瓶子，里面的歌声如水般涌出。

"这是一条神奇的天路。"

庞然大物从餐车里跳出来，整部餐车稀里哗啦倒下去。

"是她！是她的声音！"铁哥说着，冲进了这间房里。里面的客人都是男的，拥着几个陪唱女，听《天路》正听得尽兴，就见一只大藏獒从天路上冲进来，吓得魂飞魄散。

只有一个拿着话筒、穿着银色超短裙的浓妆女人问："铁哥？"

ОО5

小翡都不敢回忆他们是怎么从 KTV 里逃出来的。

铁小姐被铁哥咬着裙角拉出门的时候，里面的男人就追出来了。小翡虽然不和社会上这种人搭界，但也觉察出不对了，拽着她的手腕就往 KTV 外面跑。后面的追兵跟得很紧，可是铁哥怒吼一声，一口咬住其中一个人的胳膊，当场见了血。

他们逃了出去，拦了部车，小翡随便用手机定位了一个地名给司机，扬长而去。

过了很久，他们回了兽医院，铁小姐知道了来龙去脉，她得知当年铁哥已经在马路对面，可却没赶上，眼睁睁看着她被几个男人绑走，这时候她哭了。

小翡看到她的胳膊上，有很多烟头烫的痕迹。

因为父亲欠的债，那些人用还债的名义，把她关在人间地狱里。

很多事情，铁小姐没有细说，只是抱着铁哥痛哭。KTV 只是那些人的一个据点，这个城市的阴影下，还有许多如影随形的罪恶。

但是，至少逃出来了。

小翡："现在人找到了，可以把你埋宝藏的地方告诉我了吧？"

铁哥心疼地用鼻子蹭着铁小姐腿上被打伤的地方，告诉她那个地方。然后，藏獒又用哀求的眼神看着她："可以帮我们离开这里吗？"

"可以。"小翡生无可恋，"都到这地步了，我能说不可以吗？"

唯一能摆脱这群黑社会的方法，只有逃去另一个城市。

去哪里呢，铁哥想得很明白：沿着天路，回我家去！

——去西藏。它要带着它的菩萨，回菩萨去的地方。

小翡借了车，带着铁小姐和藏獒，开好了导航，加满了汽油，开车去西藏。

这是个很疯狂的决定。铁哥的存在本身就很危险，藏獒是禁养的，而且它的体型巨大，不能托运或者坐火车。而且，铁小姐的身份证被那群人扣押了。

他们的车开出了城，铁小姐松了口气，在后座抱着铁哥，靠着这只温柔的护法金刚。旁边就是火车的铁轨，有几段路程，火车呼啸而过，和他们一起旅行。

铁轨是那么漫长，铁小姐轻轻哼唱："这是一条神奇的天路，带我们走进人间天堂……从此山不再高，路不再漫长……"

铁哥和她一起轻声唱着，老狗的声音沙哑低沉，像是摩挲过布达拉千古石砖的风沙。

铁小姐笑着说："铁哥呀，我们终于要回家啦。"

然而，他们的车并没有到达西藏。在半途，小翡在铁轨旁停下车，准备去远处的农家借水的时候，有几辆车将她的车堵死了。

铁哥的声音从那儿传到她心里："别过来！他们来了！别过来！"

小翡连忙躲在树后。车上下来的几个人显然是来抓铁小姐的，手上都拿着刀，估计是为了防那只藏獒。

铁哥的吼声如同暴雷，这是她第一次听见藏獒真正的吼叫，像一团雷炸在耳边。它狠狠咬住第一个冲过去的人的咽喉，咬断了气管和动脉，霎时一场血雨。

但它很快中了一刀，紧接着是第二刀，第三刀……浑身浴血的巨兽如同驮佛的神兽，用利齿咬住了某人的手指与胳膊，整个吞下。

刀锋砍在它的脖颈，试图把它的头砍下来。小翡听见它爆吼："谁也不许动她——"

她是它的菩萨，它是她的护法金刚。

在那个雨夜，和那个白裙子的小姑娘说好的，一辈子都不会变的。漫天仙君，满殿神佛，它只认她——

天翻地覆，天崩地裂。它的侠骨柔肠，血肉模糊。

铁哥伏在地上，不动了，头滚落出去，滚出很远很远。

对方还剩一个人，看着倒在地上的同伴，以及站在那手无缚鸡之力的铁小姐。他抓住了她。

小翡向那边跑去，越跑越快。只剩下一个人了，她可以帮铁小姐——

远处，一辆火车渐渐近了。

铁小姐被抓住，目光看着铁哥的尸体。小翡的心里忽然听见了歌声，有铁小姐的声音，有铁哥的声音……

"这是一条神奇的天路……"

混杂着雨声，混杂着人们的笑声。

铁小姐拽着那个男人，她撕心裂肺地吼着，疯狂地将他拽向铁轨。一个江南女孩，她不知哪来的力气，吼着，拽着。火车在鸣笛警告，她双眼血红，在车碾过的刹那，拖带着这个人倒向了铁轨。

红色的天路，终究走向人间天堂。

006

小翡回去后，处理完一些询问，然后还了车，去铁哥说的那个地方，找到了它埋的宝藏。

是一张光盘，VCD，埋在铁家旁边的地里。

她问朋友找来了一台 VCD 机器，把盘放进去。画面雪花了很久，接着，是一栋别墅的一楼，灯光璀璨，高大的男主人和娇小的女主人在拍着手，一个白裙子的小姑娘站在客厅中间，羞答答地低着头，搂着藏獒的脖子。

她开口唱歌，唱的是《天路》。狗在旁边"唔唔"附和，逗得人们哈哈大笑。

END

青蛙
QINGWA

001

小翡在一个雨后的早晨醒来时，发现兽医院的门口蹲着一只青蛙。

"你好。"青蛙很有礼貌地对她点头，就像是人类打招呼的方式。

"可以帮我完成一个愿望吗？"

家里经营一家兽医院的小翡是个哑巴。可她有个能力，说不上是好是坏，那就是可以听见动物将死前的声音，并与它们交流。所以时不时就有猫猫狗狗过来找她，想在死前完成一个愿望。

完成了没好处，不替它们完成吧良心过不去。

雨停了，天还阴着，青蛙顶着片梧桐叶在积雨的水池上跳来跳去。

"我的愿望很简单的！"

小翡："我的愿望也很简单，比如午饭吃一顿干锅牛蛙。"

青蛙缩了缩，低头，不吭声了。过一会儿举起一片叶子给她："我把我的伞送你……"

——现在的孽畜都那么卑鄙的吗？！自己明明没有干什么坏事，为什么负罪感会那么强啊！

青蛙的愿望确实很简单，它希望小翡能陪它到一个地方，和它的朋友汇合。

小翡松了口气，这个愿望听起来要比在茫茫人海中找主人简单多了。

"你们约了在哪碰头？"

青蛙："好人星。"

小翡："啊？"

青蛙："我们约好了，在好人星汇合。"

007

青蛙是被小姑娘在一个雨天捡到的，说起来，他们算是邻居——青蛙就住在姑娘家的田里。

有天下雨，它蹲在一片叶子底下，就见到面前蹲了个人，是个瘦瘦小小的女孩子，七八岁模样，头发枯黄，瘦得不像人样，脸上带着笑："我陪你一起避雨。"

这个姑娘叫小云，在农村，小云这样的孩子就叫留守儿童，父母在外地打工，很久回一次家，孩子就交给祖父母或者亲戚带着。

也没有人管她读书，也没人好好待她。其他孩子不爱和这个干巴巴的女孩玩，她一直都待在遇到青蛙的那片玉米田下，高高的玉米与宽大的叶子遮盖住他们，像是个城堡。在这座城堡里，青蛙听她说了许多事，比如梦见了已经不记得脸的妈妈。

唯一改变了小云生活的，是新来村里支教的彭老师。

003

彭老师很年轻，带着一腔热血当了教师，很多时候，血有多热，凉得就有多快。

教材费学费全免，午餐免费提供，上学的孩子仍越来越少，不是家里供不起，也不是父母不让读，是因为孩子不想读。"读书改变命运"这句话不知何时在村里褪去了光环，取而代之的是"读书有个鬼用，长大后当个小视频播主，每个月打赏过万。"

彭老师想象中，那种伴着雨声，在漏雨教室里和出身贫寒却刻苦的孩子们一起生活的画面随着光怪陆离的世态炎凉而一去不返。班里只有七个孩子还在坚持上学，其中就有小云。

小云也不是喜欢上学才去的，在这个八岁小女孩的心里，上学只是个模糊的概念。只是因为学校提供免费午餐，所以奶奶才让她每天去学校。

彭老师对小云很好，因为女孩身上总带着青青紫紫的伤。妈妈怀孕的时候去做了黑B超，说是男孩，生下一看是个丫头。奶奶就不那么喜欢她，几年前就说要把孩子卖掉，免得拦着男孩的魂过来投胎。

小云问老师借过手机，说要"直播"。

小孩不知道上学意味着什么，但是大孩子告诉她，直播就会有钱，有钱就能为所欲为。

彭老师苦笑："书不好好读尽想这些，你想直播什么呢？"

小云将手摊开，给他看掌心的小青蛙，这是她唯一的朋友。

004

彭老师是城里来的，见过菜市场的活牛蛙，没见过青蛙，也觉得新鲜，拿手机拍了几段视频，传到了网上。这如果是个童话故事，那么青蛙会变成网红蛙，小云会得到巨额打赏，爸妈不必在外打工，一家人和和美美，过上幸福的生活。

但，一只青蛙而已，城里人不屑于看这种直播平台，村里人谁要看青蛙。

平日里无事，小云带着青蛙，来学校找彭老师听故事。老师问以后她想做什么，她说："想去找爸爸妈妈，别人家的妈妈都很疼孩子，说不定找到了妈妈，奶奶就不会打我了。"

小云说："老师，他们告诉我，我爸妈可能到死都不会回来了。死是什么？"

彭老师想了想，最后指指窗外："死就是……人会去很远的地方。"

就像是一场旅行，每个人会去自己该去的地方。好人会去好人星，坏人就会去坏人星。好人星上都是好人，孩子可以背上行囊去任何想去的地方旅行，什么都不用害怕。

小云问："好人星怎么去？"

彭老师苦笑："一般来说，老师会先去好人星的。到那时候，老师就在那儿等你们，你看天上哪颗星星最亮，哪颗就是好人星。"

夜里，小云挨了奶奶的打，逃进玉米地找青蛙说话。

小云说："我们约好了，以后一起去好人星找老师，我不会丢下你的。"

这件事情，不知怎么的传开了。

起初只是孩子的傻话，被大孩子们传成了彭老师要和小云过日子，被大人们听做了彭老师和小云有了见不得人的关系。

第二个月，彭老师被调走了，再也没有回来过。小云被奶奶毒打一顿："这不要脸的东西！"

被打得满头是血，小云摇摇晃晃地逃出家，扑进了玉米地。青蛙陪着她休息了许久，忽然，来了个从未见过的矮胖男人，将昏死的小云拖走了。

青蛙很多天都不曾再见到小云。

005

青蛙只能去小云家找她，留下一串小脚印。

小云家很热闹，以前家里只有她和奶奶，现在，多了两个中年男女。

奶奶似乎还在生气，说："这孩子本来就不该要，养下来费钱，现在又不干净，以后根本嫁不出去。"

爸爸沉默抽烟，许久才说："老李不是承认了吗，等十六岁就送去他家好了。"

奶奶"呸"了一声："便宜了他！"

小云躺在一边的床上昏睡，隔一会儿便抽搐几下，只有女人会偶尔过去看看她，摸一下额头："挺烫的，送医院吧……"

最后也没有送医院。过了一天一夜，家里人在院后挖了一处深坑，将没知觉的小云放了进去，草草掩埋了。

青蛙在新土外徘徊，试着叫她。不知多久过去，它听见回应了。

小云的声音很细很轻，从土下传出来："我去好人星了……"

青蛙又在那守了三天，再也没有听见土下有声音。

006

小翡给它换了盆凉凉的新水，加了几根水草。

"你去不了好人星，好人星是人去的，你是人吗？"

青蛙："我去不了吗？"

小翡狠下心："去不了。"

青蛙窝在水盆里，不说话了。小翡心烦意乱地处理完几份报表，纠结了老半天，还是走回水盆前："你以后会去呱呱星，就是青蛙会去的星。猫会去喵星，狗会去汪星……"

小翡："编不下去了。"

小翡找了个爬宠外带盒，把它和水草装了进去：管完这件事儿，老娘要吃一个礼拜的干锅牛蛙！

他们先去找彭老师。这不难，输入彭老师的全名，加上支教，马上就有一份两年前的支教光荣榜公示，姓名、年龄、毕业院校、户籍全都有。小翡找那所师范的校友录，混进了校友微信群，打听了半天，一个人告诉她：小彭已经不当老师了。

现在在当自由摄影师。

小翡到彭老师家门口，按了门铃。一个满脸胡茬的眼镜糙汉拖拖拉拉地开了门，完全看不出青蛙说的那种书生气。

她迟疑了一下，举起手机，屏幕上是事先打好的字：你好，我是小云朋友叫来的，有些关于小云的事想告诉你……

彭老师独居，家里一塌糊涂，看得出这人过得不好，垃圾桶里堆着发馊的泡面碗。小翡跟着他迟疑地进了屋，找地方坐下，打开了爬宠盒。

青蛙探出头，彭老师盯着它看了一会儿，眼里好像有了点光，大约是想起了那段岁月。

因为不能和人类说话，小翡花费了很长时间，才将青蛙说的事情始末和老师解释清楚。彭老师摘下眼镜苦笑："我就不该去那儿教书……"

话说到这，声音便被哽住。男人掩面哭了。

小翡等他哭完，彭老师擦了眼泪，重新戴上眼镜。

"她是个好孩子，不能躺在那里。"

躺在那里，就去不了好人星了。

007

于是，时隔两年，重回旧地。

村子还是老样子，没什么改变。彭老师先去报了案，根据青蛙的回忆，埋尸的地方在小云家的东围墙外。

过了半天，他们在局里等来了消息——什么都没挖出来。

警察将他们当作报假警的神经病轰了出去。小翡和彭老师相对叹气，两年了，尸体可能早就被转移走了。

附近有山林有湖泊，要丢尸体有许多地方，确实没理由一直埋在自家附近。忽然，彭老师指指爬宠盒。

"这个的盖子是不是松了？"

——青蛙不见了。

他们去附近找青蛙时，已经有人对着彭老师指指点点了。

小翡听见有人说："这不是那个强奸女娃娃的老师吗？"

人越聚越多，气氛也紧张了起来。有两个年轻人嬉笑着冲他们丢石头，小翡抱头躲在他身后。就在这时候，她忽然听见了青蛙的声音。

"找到了，在湖里。"

不远处的小湖旁传来了一阵阵此起彼伏的蛙鸣声，引起了人们的注意。以往平静的湖边，不知何时聚集了越来越多的青蛙，鸣叫不止。

小翡和彭老师到了水边，她指指湖水，对他点头。他心领神会，从青蛙聚集的地方跳下水，将湖边的淤泥挖开。

村民围在旁边嘈杂不已，看这个男人在湖水中挖着淤泥。突然，彭老师的动作停下了，一串气泡从淤泥下浮上水面。

就像一个个晶莹剔透的小星球，有好人星，有呱星，有喵星和汪星……

——几近化为白骨的小小尸骸，从淤泥下散落出来。

008

这件事情，并未引起太大的波澜。

强奸了小云的老李在两个月前死于心梗，小云的奶奶把埋尸、转移尸体的事情揽在自己的身上。小云的父母又去外地打工了，说是"联系不上"。

就和世间许多事一样，不了了之。

小云的骸骨火化时，只有小翡和彭老师带着青蛙去了。但不是家属，无法认领骨灰。

火葬场的工作人员是个大叔，一边看报纸，一边听彭老师解释。他也不断叹气："别为难我们啊，真的不能给你们。知道这孩子可怜……"

小翡和老师在外面等到四点半下班。大叔抱着外套出来，准备锁门，他也看到他们在外面了。

不知怎么的，大叔把门锁给锁上了，又重新拧了一圈，打开了。

他别过头，故意大声说："真不知道这锁不上的破锁什么时候能修好，打了好几次报告上去了，谁家的骨灰坛子丢了可不怪我啊！"

青蛙从爬宠盒里探出头："谢谢，你也能去好人星的。"

尾声

带着骨灰坛和青蛙，小翡回了城里。

小云安睡在了兽医院的小院子里，旁边有个种荷花的小池塘，有青蛙陪着。不久后的一天早晨，初雨后，小翡没有再听见青蛙的声音。它也睡着了，搭着一片枯荷叶的影子，去了她说的星星。

那天夜里，小翡做了个梦。她梦见自己来到了一片布满雨林的翠绿世界里，有许多背着小包袱的青蛙跳过她的身边，像是要去旅行。

其中有一只青蛙跃过她身边时停了下来，挥了挥手里的叶子伞。

它准备出发去好人星找它的朋友玩了，小翡知道。她祝它旅行顺利。

END

猫与莫小姐

MAOYUMOXIAOJIE

001

不知道什么时候开始，哑女小翡可以听见它们将死时的声音。

在这座水泥森林里，动物似乎仅限于猫狗和麻雀，但小翡知道不是。

她每天都可以听见不同动物将死时的遗愿。

002

那只流浪猫停在她那间小小的兽医院门口时，已经没有耳朵和右眼了，尾巴少了半截，后爪是跛的。

小翡想把它抱进医院，猫躲开了她的手，用鄙夷的眼神看着她："看不出来？我快死了，傻子。"

猫的声音传到她的脑海中，很苍老，也很尖刻。

猫是带着遗愿来的。小翡是个内向的哑巴，她心里的声音却可以被猫听见。

"你怎么确定我就会帮你？"

猫："不确定，但至少可以让你良心不安。"

小翡："……"

猫就要死了，死前，它想去再去看一个人。

这只流浪猫大概十七岁，从出生开始就是只流浪猫。

还只是奶猫时，两个路过的小学生割掉了它的耳朵。它惊慌逃窜到了马路上，被车子碾过。马路上车流往来，它很可能会变成一块猫饼。

一个路过的女孩子救了它。

003

她带它回家，学着电视上的方法给它包扎，奶猫居然被救活了。

猫："废话，我们有九条命。"

后来女孩的父亲出差回家，发现家里有猫，大发雷霆。于是，猫在一个深夜不告而别。

但是它一直在女孩家附近徘徊，躲在草丛里，偷看她上下学。

小翡："嘴上说着人类是傻瓜，身体还是很诚实的猫嘛。"

猫："你有没有想过，你能活到今天是因为你是个哑巴，否则早因为嘴巴太贱被人捅死了。"

小翡觉得人之将死其言也善，这只猫恐怕属于不见棺材不掉泪的。

后来女孩搬家了。猫追着她家的车跑了很久，终于还是把她弄丢了。

老猫舔着爪子："真是拿她没办法，要是没有我，不知道她能不能好好照顾自己。"

小翡："说得好像你能好好照顾她一样。"

猫冷笑："人类真的很有意思，总觉得自己是智商最高的动物，用智商划定一切。但是，人类连自己的死期都不知道。"

小翡："你知道？"

猫："猫生来就知道自己什么时候会死，我只剩下最后的七天了，帮我找到她，让我再见她一面。"

小翡："我能得到什么？"

猫："你可以吸我。"

004

小翡不太想吸它。她替它洗了把澡，处理了一下身上的跳蚤和伤口，这仍然是只丑到爆的老猫。

猫："我帅不帅？你说她见到我，会不会愿意和我一起去流浪？"

小翡："你不是流浪，你就是浪。三年前我爷爷躺在 ICU 里意识不清，也和我们说小护士被他迷住了，要给他做小老婆。"

那个女孩子的原住址大概是十六年前的，那里现在已经是一间烧烤店了，转手了三四次，不可能找到原屋主。

小翡带着它站在那发呆："我没办法了。"

猫："要你何用。"

小翡大热天的陪着它横跨半个城市找过来，就得到这四个字。

"你信不信我把你卖给烧烤店做猫肉串串。"

她汗如雨下，平时就不太出门的人，今天顶着烈日奔波，头开始有些晕了。

猫："喂，人类，你该不会那么没用吧？"

小翡想怼回去，可是说不出话，人晃了晃，就失去了意识向地上栽去。

005

因为中暑，小翡被送去了医院。

她的手提袋动了动，猫的丑脸从里面伸了出来："你的战斗力也太弱了。"

她惨白着脸，把它的脑袋塞了回去。护士来给她吊水，问道："好些了吗？"

小翡点点头。

这个护士的手法老练，人也温柔。但是，面容上带着一丝憔悴。

忽然，手提袋又动了。猫从里面探出头，盯着这个护士。护士也看到了猫，瞪大了眼睛。

猫："是她。"

护士姓莫，莫小姐和猫分开的时候只有十岁，十六年后，已经二十六岁了。

三人坐在医院外的长椅上，她仍记得猫。

猫："帮我问问她，她过得好吗？"

小翡："我要是能开口就是医学的奇迹了。"

为了和莫小姐介绍来龙去脉，她已经写到手酸了。能听见动物遗愿这种事情太天方夜谭，莫小姐之所以会和他们一起出来谈话，估计是因为，她实在是个善良的好人。

没想到莫小姐抱过了这只丑猫，放在怀里好像珍宝。

"这些年你过得怎么样呀？我过得很好，一直都记得你。"

老猫舒服地打起了呼噜，眼角湿湿的。

006

小翡回了家。接下来的几天，流浪猫每天都跑来和她唠嗑。

"我跟着她回了趟家，窝在她卧室外面一晚上，"它说，"她过得一点都不好。"

莫小姐二十二岁那年从护理学校毕业，听爸妈的安排，和一个男人结了婚。

当护士是她的梦想，她从小就是个善良的女孩，没有什么大的野心，只想当个白衣天使，有个安稳的家庭，以后生一个孩子，看着孩子平安长大。

猫说："昨晚她和她老公吵架了，她老公有婚外情，但是不肯和那个小三分手。"

小翡："你真的快要死了吗？我觉得你简直是眼观六面耳听八方。"

莫小姐的老公出轨了，对象是一个女同事。她要比莫小姐更加年轻漂亮，而且，不用像护士一样三班倒劳碌工作。

猫在夜里停在卧室窗外，里面的争吵声，好像是表面美满的生活渐渐剥落了外层的油漆，落地粉碎。

男人打了她一记耳光："不分手就离婚？你就是只下不了蛋的鸡，你以为除了我之外还有男人会要你？！"

猫的眼睛在夜里透过窗户，看见她在床头啜泣。莫小姐也看到了它，打开窗子，紧紧抱住猫痛哭。

她无法生育。无论是自己的家人还是男方的家人，没有人站在她这一边。

每个人都告诉她：你老公事业有成，成功的男人才能吸引更多女人，说明你嫁了个好男人。你这种生不出孩子的女人，能嫁给这样的好男人，已经是三世修来的福分了。

007

猫的时间快到了。莫小姐值夜班的时候，它会陪她走夜路回家。"两条腿的动物走得就是慢！"猫时不时跑来和小翡抱怨，"我就剩下这么点时间了，还要浪费在她的身上！"

小翡："哦。听起来你真的很喜欢她。"

猫："喜欢人类？开什么玩笑！我只是最后去鄙视一下连自己人生都掌握不了的人类的！"

小翡："你要是个男人估计就和她求婚了。"

猫舔着爪子冷笑："我才不喜欢人类呢。"

又是一夜，它送她回家，高高地昂着骄傲的头，好像个开路的骑兵。

莫小姐看着它轻快的脚步，说："你多好啊，我有时候也想当只流浪猫。"

猫想：你也很好啊，我浑身血淋淋倒在马路中间，你让我有了继续流浪的机会。

猫在这人世间的最后一个夜晚，陪着她回了家。它终于收起了那些尖锐狂妄，就像个小心翼翼的孩子，在脚垫上蹭干净了脚，安静坐在角落里。

它太开心了，如果猫会哭，它现在就是在高兴地大哭。

和莫小姐在一起的时候，它觉得自己有了一个家，它愿意不去流浪。

它想了这么多年，这么多年，终于实现了这个巨大的幸福。它会在日出前死么？只要能死在她的膝头，它下辈子还想当一只流浪猫，在这座城市的人海中再看她一眼。

莫小姐抱着它，坐在沙发上看电视。门开了，她的丈夫喝得大醉，搂着一个长发女人回来了。

"你……出去！"他指着莫小姐，"我今晚……和……她过！"

莫小姐抱紧了猫，离开了沙发。那个女人厌恶地看着这只伤痕累累的老猫："经理，这只猫恶心死了！"

男人转过头，血红的眼睛盯着它："你去，把它扔了！"

PART·FIVE

它的遗愿

莫小姐不肯。

男人暴怒，抓着她的头发，将她拖向阳台，将女人半身都拽出去。

"你给我当心一点！"

她尖叫着哭泣，却无能为力。夜风汹涌席卷着十二楼，她的短发烈烈颤抖。

她忽然听见了一个陌生的声音，它苍老、尖刻却温柔，它问："现在，你愿意和我去流浪吗？"

"我愿意！"莫小姐仰着头，对着夜空哭喊，"去哪里都好，让我离开他！"

那个声音笑了。

"——想得美，人类。"它说，"我才不会让你去流浪呢。"

下一秒，一道灰影扑向了男人，疯狂撕咬着他的咽喉和五官。莫小姐跌坐在地，就听见男人的惨叫和猫暴怒的低吼，他努力想把这只疯猫从自己的脸上撕开，血糊住双眼，分不清东南西北——

伴随着一声大喊，一人一猫的身影，从十二楼坠下。

如早已注定的那样，猫的时间，到了。

小翡正伏在办公桌上，整理兽医院里宠物的资料。她忽然看到一个小小的灰影悠然踱步走过她的窗口，擦着夜色，一去不返。

"我走啦，愚蠢的人类，"它说，"要照顾好自己。"

尾声

莫小姐的丈夫酒后坠楼，纯属意外。

她继承了家产，又因为没有孩子，和婆家不再有联系。独居后不久，她在一个雨夜从路边捡回了一只小奶猫。灰色的毛，瘦瘦小小。

小翡见到门口有人推门进来，没有想到是莫小姐。

她见到小翡，也有些讶异。捡了小奶猫后，她原想就近找家兽医院给它检查身体的，没想到走进了小翡的医院。

莫小姐："我打算收养它。小翡,我以后带它定期来体检行么？"

"喂，哑巴。"

小翡正要点头，忽然，一个稚嫩的声音在她脑中响起。

"我回来了。"

声音是陌生的，可是这可恶的语气——

小翡睁大了眼睛，小奶猫圆圆的脸上充满了得意。

"猫可是有九条命的。"它说。

END

忠犬九公
ZHONGQUANJIUGONG

001

哑女小翡可以听见动物们将死时的遗愿。

她没法和人类说话，但却能和它们沟通，所以开了家兽医院，算是一条龙服务。

002

那条狗不知道从什么时候开始睡在她兽医院门口的。看上去像是条流浪狗，虽然狼狈，可还是看得出原来是只昆明犬。

狗每天都来烦她："女同志，女同志，我能不能和你叨一下我的遗愿？"

小翡："不能，你是哪个朝代穿越来的狗？"

狗："市第三消防队的！"

"拉倒吧，体制内的狗还能混成这狗样？"小翡不信。

狗说："我好多年前就退役啦。"

003

按理来说，退役的消防犬活不了几年。训练繁重，出入火场很容易导致肺部疾病之类的。

不过这只狗退役后，一口气活到现在，十二岁。

小翡给了它一些吃的，狗的牙都没了，只能硬咽下去。

"你怎么会变成流浪狗的？"

"啊？谁是流浪狗？"狗舔舔嘴，傻笑着抬起头。

"我不是流浪狗啊，只是主人家告诉我，我可以不用待在他们的房子里了而已！"

小翡："……这就叫流浪狗。"

狗："怎么会呢，你别骗我，我可聪明了。"

说完又傻呵呵笑着。

流浪狗是有名字的，而且很霸气，叫"九公"。

它在消防队服役那会儿，《忠犬八公》这部片子热映，军犬队组队观影，那时候它还是只小奶狗，它的小主人是个十八岁的小战士，抱着它"哇哇"哭个不停，然后起了个向八公致敬的名字——九公。

九公拼命舔着小主人的眼泪："哎呀你别哭啦，战友都看你笑话呢，哎哟，人类真是傻死了，不过主人还是比我聪明的！"

"后来呢？"小翡把它抱进店，驱了个虫，皮肤病的地方涂好硫黄膏。

"你小主人现在在哪？"

小主人和它一样，退役了。根据队里的规定，他可以选择是不是带走九公。小主人当然把九公带回去了。"他可宝贝我了！"九公很骄傲。

退役的时候，小主人也很年轻，回了家就想做一番事业，于是和一个表叔踏上了去北京的火车，去首都闯荡了。

狗相信小主人总有一天会衣锦还乡，回来找自己。小主人那么厉害，冲进火场从来都是第一个，路边看到拿刀划包的小偷，毫不犹豫就把人放倒。

小主人背井离乡，过了半年，他的家里人开着车，把狗送到了一户新的人家。家人说："九公啊，以后你可以不用待在小房子里啦。"

狗可开心了，尾巴摇个不停。

车到了目的地，他们和一个大肚子的男人说："这只狗很聪明，听得懂人话，会叼东西，会钻火圈。"

005

小主人家的人把狗卖到了一个马戏团。狗在那边钻火圈跳台子，做什么都很拼命，心里想着：不能给小主人丢人啊！

后来，狗摔断了一条腿，马戏团的老板把它转卖给一家工厂用来看门。

但是消防犬怎么可能冲着人瞎叫？又不是野狗。工厂老板看这条傻狗一点不凶不狠，还断了条腿，干脆就把它卖给了一家狗肉店。

小翡替狗洗了澡，吹干，给它做了顿牛肉罐头吃，狗开心地围着她摇尾巴。

小翡："所以，你怎么活下来的？逃了？"

狗摇头："没有，我求他的。"

杀狗的步骤是把狗先吊死，再剥皮放血。一排十条狗，每天能处理很多肉。这些狗有的是被偷的宠物狗，有的是野狗，有的是养殖肉狗。

狗知道自己要死了，就跪下求那个屠夫："你别杀我，我还想等我小主人回来。我求求你，你让我见到他衣锦还乡，然后再杀我，好不好？"

狗学人下跪，学人磕头，看起来很滑稽。屠夫先是笑，后来看到狗哭了。

狗和人一样，会哭的，哭起来和个孩子一样呜咽。狗哭着跪在他面前，屠夫终于不忍心，把它轰了出去。

瘸了一条腿的狗就在街上流浪，有时候看到消防队出操，它会昂首挺胸跟在战士们后面跑一段，像是回到了当年。有几个人长得可像它的小主人了，但是，它想啊，他们肯定都没有自己的小主人那么英勇，那么聪明。

006

狗流浪了很久很久，终于从屠宰场的城市回到了最初的城市，每天在火车站徘徊，等自己的小主人回来。

现在，狗终于感觉，自己快要死了。

狗找到小翡，动物其实知道，这个女孩子能听懂将死生灵的话。

狗说："女同志啊，你能不能给我的小主人带个话。"

小翡："你能别叫我女同志吗？听起来像是从上个世纪穿越来的。"

狗又傻笑："没办法嘛，当兵的都这么称呼姑娘，和小主人学的。"

狗："你就告诉他，这么多年啦，我一直在等他，和忠犬八公一样。让他知道，我没给人民子弟兵丢人！"

小翡在它边上想了半天，一把把它揪起来："我寡女他孤男，万一传话时候他看上老娘了怎么办？走，直接带你找他。"

小主人有名字，叫肖兵。肖家人还在，小翡带狗找上门。

不过家人不认，说他家已经不养狗了。

又找到市三消防队，这次有戏。消防犬有自己的管理部门，负责的队长一听以前的消防犬老无可依，就提出收养九公。

小翡是个哑巴，只好用写的："可是九公想见肖兵，能不能麻烦您，帮我们要个他的联系方式？"

队长在午饭时候请他们去食堂吃饭，谈了谈肖兵。其实这些年，肖兵和他们有过联系。

小翡和九公眼睛一起亮了。

队长："不过，是来借钱的。"

007

肖兵和叔叔在北京做生意，亏了。

叔叔欠了很多钱，最后上吊自杀。肖兵抱着他的骨灰，躲在出租房里，外面有催债的在"砰砰"砸门。

队长说，肖兵和老战友借了一圈钱，暂时先把这个窟窿补上了。大家想办法找北京的关系给他弄个正经工作，去当保安。没当多久，好像因为抓小偷的事情，被炒鱿鱼了。

肖兵当保安时，看到路边有个姑娘被小偷划了包，于是冲上去。搏斗的过程中，小偷跑了，然后慌不择路，被车撞死。

小偷是个未成年，家属大闹一场，肖兵被开除，欠着法院判的赔偿金，蜗居在北京筒子楼的地下自行车库，给人家看车，每天吃一碗泡面。身上背着债务，身份证也丢了，没钱，买不了火车票，回不了老家。就连家里人都联系不上他，只知道他常用的一个公用电话的号码。

小翡摸着九公瘦削的背脊："这样吧，我们去一趟北京，去找他。"

机票太贵了，带着宠物，小翡只能选一辆上个世纪的绿皮火车。这趟车便宜，很多回乡的农民带着鸡鸭，一路上叽叽喳喳，十分热闹。

小翡哼着一首老歌："为你我用了半年的积蓄，漂洋过海的来看你……"

一路上，她都在打那个公共电话，但是无人接听。

城市和肖兵及九公的年华一样，飞驰不复返，没人再用路边电话了。

"翻山越岭来看你呀……"狗也跟着哼，靠着小翡的脚背，睡着了。

008

北京火车站，冬天，一个下雪的凌晨。小翡打了第九十八次电话，熙熙攘攘的人群中，她几乎以为接通声是自己的幻听。

"喂，是肖兵吗？"她问，"我带着九公，来看你了。"

可是她突然想起来，自己是个哑巴，说不出话的。

就在这时，伏在地上的九公吠了一声。很响的一声。

几乎是立刻，电话那头的男人哭了。

他听见九公的声音，便像个孩子那样呜咽。肖兵哭着说："是火车站吗？我马上来，我马上来……"

火车站前的广场上，有人唱着《春天里》："也许有一天，我老无所依；请把我留在，在那时光里……"

大冬天的，唱这个做什么呢？小翡不断拂去落在九公身上的白雪。

"太神奇啦，他是怎么听出来我们在火车站的？快了，你再等等，他来见你啦。"

城管来了，哗啦啦一阵喧闹，卖唱的男青年被轰走。人们的哭哭笑笑在北京的火车站聚散，小翡听着心烦。

"你再等等，他来了，他真的要来了。"

九公身上的起伏越来越轻，小翡只能听见它轻声哼唱："翻山越岭来看你……"

她忽然看到一个灰色羽绒服的男人闯入眼帘，他和其他乘客有些不同，像是在找什么。他几岁了？应该不老，可是脸上满是憔悴，胡子茬和鬓角甚至有了霜白……

"九公，傻狗？"她推了推地上被白雪覆盖的狗。

"你看看，是不是他？"

九公没有反应，它的尾巴扫过最后一片雪，不动了。

——就在同时，那个灰衣男人感应到了什么，站住了。

他突然哭了，然而自己都没有意识到眼泪的出现，惊愕地望着衣襟上的泪痕。紧接着，他紧紧捂着自己的心口，四处乱撞，拼命想找到想找的人，又呆怔住，睁大眼睛望着北京站的茫茫人海，旋即跪在地上，对着天号啕大哭。

一阵风刮过九公身上的薄雪，碎雪像是一只小狗的影子，轻快地跑向了那个男人。

忠犬九公

END

出 品 人　|　朱家君　　　　　执行总编　|　罗晓琴

总 经 理　|　常蓦尘　　　　　设计总监　|　李　婕

总 编 辑　|　熊　嵩　　　　　产品经理　|　陈雪琰

　　　　　　　　　　　　　　　发行总监　|　章筱迪

执 行 策 划　|　彭芷伊　　　　插图绘画　|　吴穆奕

装 帧 设 计　|　吴穆奕　　　　流程校对　|　沈　曼　吴　琼

　　　　　　　　　　　　　　　宣传营销　|　蒋　惊　蒋　雷

总出品　漫娱文化

图书在版编目（CIP）数据

谁都不服就扶他2／扶他柠檬茶 著 .一武汉：长江出版社，
2018.9
ISBN 978-7-5492-6024-9

Ⅰ. ①谁… Ⅱ. ①扶… Ⅲ. ①故事－作品集－中国－当
代 Ⅳ. ① I247.81

中国版本图书馆 CIP 数据核字（2018）第 222709 号

谁都不服就扶他2 ／ 扶他柠檬茶 著

出　　版	长江出版社				
	（武汉市解放大道1863号　邮政编码：430010）				
市场发行	长江出版社发行部				
网　　址	http://www.cjpress.com.cn				
责任编辑	张艳艳				
特约编辑	陈雪琰	开　　本	787mm×1092mm　特规 1 ／ 32		
装帧设计	吴穆奕	印　　张	9		
印　　刷	湖北新华印务有限公司	字　　数	280千		
版　　次	2018年9月第1版	书　　号	ISBN 978-7-5492-6024-9		
印　　次	2018年10月第1次印刷	定　　价	39.80 元		